어디서든 일하고
어디로든 떠난다

어디서든 일하고 어디로든 떠난다

초판 1쇄 발행 2024년 04월 29일

지은이 성훤
발행처 키효북스
펴낸이 김한솔이
디자인 김효섭
주 소 인천시 부평구 부평대로 165번길 26, 1층 출판스튜디오 쓰는하루(21364)
이메일 two_hs@naver.com
홈페이지 https://www.writingday.net
인스타 @writing_day_

ISBN 979-11-91477-31-3

값 16,800원

어디서든 일하고
어디로든 떠난다

성현 지음

당신에게 맞는 장소와 하고 싶은 일을 찾게 되기를

키효북스

어디서든 일하고
어디로든 떠난다

어제는 찌뿌둥한 습도를 만끽하며 러시아 동료와 술을 한잔했다. 오늘은 인도 엄마 리자가 만들어 준 백설기 모양의 떡 한 접시가 눈앞에 놓여있다. 마당에서 갓 따온 채소들을 향신료와 함께 푹 끓여낸 건강한 밥상이었다. 보통의 여행자라면 조식을 먹은 다음 무거운 배낭을 메고 관광지로 떠나겠지만, 나는 배낭 대신 모기 기피제를 뒤집어쓰듯 뿌렸다. 요즘 우리는 대리석으로 지은 인도의 한 저택에서 머물며 카카오를 따고 있다. 카카오에 대해 아는 것이라고는 복숭아 얼굴 캐릭터밖에 없었지만 이제 잘 익은 카카오 따는 법을 알고 있다. 우리는 여행자다. 정확하게 말하자면 여행을 하면서 동시에 일도 하는 여행자랄까.

인도의 숲에서 카카오를 따고, 이집트 다합에서 프리다이빙 강사로 바다를 누비기도 하고, 때때로 네팔 탱화 학교에서 예술가로 살아갔다. 아프리카 작은 섬에서 죽을 끓이고, 셰어하우스 주인도 되어봤다. 우리는 일할 수 있는 곳이 있다면, 혹은 일거리가 있다면 어디든 떠났다. 나와 남편의 여행 이정표는 살면서 한번쯤 해보고 싶은 세계 곳곳의 일job이었다. 내 평생 해본 적도 없고, 상상해 본 적도 없는 일일수록 더 좋다.

돈을 벌기 위해 세계 여행을 떠난 것은 아니었으니 말이다.

왜 떠나게 되었는지를 곰곰이 생각해 보면 나는 여행이 하고 싶었을 뿐이다. 용기를 내서 조금 오랜 여행이 하고 싶었다. 그리고 내 세상이 어디까지 나아갈 수 있는지 그 한계가 궁금하기도 했다. 나도 한때는 파티션 한 칸을 내 세계로 생각하며 살던 직장인이었다. 문득 궁금해졌다. 여기서 벗어나 새로운 세계에서도 잘 살 수 있을까? 여행만 하면서 살 수도 있을까? 무모함으로 해보기 전까진 알 수 없는 일이었다.

세상의 유혹에 흔들리지 않는 나이 사십. 불혹이 얼마 멀지 않았다. 많은 실패가 성공으로 가는 길이라면 유혹에 많이 흔들려 봐야 그렇지 않을 때가 올 것이다. 파티션 안에서 가진 궁금증과 흔들림을 나는 세계여행으로 풀어 보기로 했다. 나 스스로 쌓았던 높고 견고한 울타리를 부수고 떠날 기회가 몇 번이나 오겠는가. 난 알고 있다. 마음먹은 이 순간 지금 밖에 없다는 걸. 돌아올 결과들을 생각하면 두렵지만 용기를 냈다.

여행하는 2년 동안 세상에 이력서를 뿌리고 다녔다.

거절해도 상관없었다. 놀랍게도 우리를 원하는 곳은 줄서 있었으니까. 남편과 세계 반 바퀴를 돌며 여행과 일을 하고 돌아왔다. 일터에서 만나는 가족과 동료들은 내가 더 다양한 일을 도전해 보고 싶게 만들었다. 이들과 사랑에 빠지고 역사와 문화를 공유하는 것은 여행자로서 경험할 수 있는 최고의 행운이기도 했다. 여행은 우리의 세계를 확장하고 일은 내가 어떤 사람인지를 보여주었다. 떠나기 전에는 알 수 없는 것들이 많다. 계획대로 되지 않는 나의 여행기를 여기에 담아 낼 줄 누가 알았겠는가. 이 책은 집을 떠나 길을 나서고 다시 집을 찾는 과정에서 벌어지는 이야기와 낯선 장소에서 일을 하며 겪게 되는 에피소드들을 담았다. 워크어웨이workaway 이야기를 통해 당신만 흔들리며 사는 게 아니라는 것을 말하고 싶었다. 당신에게 맞는 장소와 하고 싶은 일을 찾는 날이 오길 진심으로 바란다.

Contents

첫번째 직장, 인도 림빅

명상하듯 일하세요

낙타를 타고
실크로드를 건너겠다는
어떤 남자

눈 내리는 밤, 러시아와 몽골의 국경을 겨우 지났다. 자정이 되서야 가라지 게스트 하우스의 문을 두드렸다. 열리지 않는 문을 쳐다보며 온갖 생각이 머리를 스쳤다. 한참 뒤에 인기척이 들리더니 한 남자가 문을 열며 말했다.

"빈자리가 없는데…… 거실바닥도 괜찮다면 들어와요."

이상하다. 분명 예약했는데. 그래 뭐, 오늘 잘 집이 생겼다는 것이 어디인가. 나와 남편이 누울 수 있는 작은 공간만 있으면 감사한 밤이었다. 침낭으로 들어가 언제 잠이 들었는지도 모르게 쓰러졌다. 다음 날 아침, 숙소 안은 두꺼운 옷으로 꽁꽁 무장한 거대한 일행이 바삐 움직였다. 어젯밤 문을 열어준 남자는 그 일행의 대장으로 이곳에 머무는 장기손님 중 하나였다.

"우리 팀원이 늘어나는 바람에 빈 침대가 없었어요. 오늘은 침대가 있을 테니 걱정하지 마요."

그는 울란바토르 근교의 초원에서 몇 주째 낙타를

훈련하고 있었다. 그의 팀원들과 함께 매일 추운 벌판
으로 나가 낙타를 탔다.

"왜 몽골에서 낙타를 훈련하는 거예요?"
"낙타를 타고 실크로드를 건너 영국까지 가는 게
이번 프로젝트예요."

여행자들 사이의 이야기는 늘 새롭다. 같은 이야기
를 가진 사람은 단 한 명도 없다. 하지만 이 남자의 여
행은 내가 알고 있는 여행의 상식을 벗어나 있었다. 집
을 떠나온 지 18년. 마트 카트에 짐을 싣고 두 발로 걸
어서 남미를 여행하고, 알래스카의 베링해협을 헤엄쳐
건넜다. 밧줄로 이은 짐을 허리에 묶고 얼음이 둥둥 떠
다니는 좁은 바닷길을 건너 유럽에 도착했다. 말도 안
되는 그의 이야기는 방송사에 팔려 나갔고 크고 작은
프로젝트를 하며 지금까지 끝나지 않는 여행을 하고
있었다. 그리고 지금 그는 몽골에서 새로운 도전을 준
비중이라며 본인의 긴 여행 이야기를 짧게 소개했다.
미친 사람이 분명했는데 그에게 느껴지는 차분한 분
위기는 그런 미친 짓과는 거리가 멀었다. 여행을 오래
하면 그런 담담함과 용기가 생기는 걸까? 그의 입에서

나오는 여행담을 듣는 것만으로도 전율을 느꼈다.

"훤, 당신은 어디로 가고 있어요?"

나는 남편과 집을 나선 지 두 달이 넘어가고 있었다. 그리워할 집은 없었지만 2년 뒤에는 한국으로 돌아갈 것이라는 계획이 있었다. 가진 돈을 아껴 쓰면 2년 정도는 충분히 여행할 수 있었다.

"2년이라니 긴 여행이네요. 그럼, 일을 해보는 건 어때요? 워크어웨이workaway에서 재밌는 일을 찾을 수 있을 거예요."

"난 일 말고 여행을 하고 싶어요. 저는 한국에서 지금까지 일만 하다 왔어요."

"당신이 하던 'work'는 아니에요. 새로운 도전을 하면서 경비도 아낄 수 있을 거예요. 해 보면 알 거예요."

일을 하겠다는 생각은 왜 못했을까? 왜 못하긴. 이 방인인 나를 뭘 믿고 일을 시킨단 말인가? 고작 며칠 머물 여행자가 무슨 일을 할 수 있는데? 일을 할 수 없

어디서든 일하고 어디로든 떠난다   17

는 이유는 차고 넘쳤다. 그가 던진 한 마디로 머릿속이 복잡해졌다. 계산기를 아무리 두드려도 계획이 서질 않는다. 일단 워크어웨이 사이트에 가입했다. 가만히 살펴보니 '나도 이런 일은 할 수 있겠다.'는 자신감이 생겼다. 오호라. 숙박과 식비만 아끼더라도 경비를 줄이는 데 큰 도움이 될 것은 분명했다. 그리고 그가 하는 말은 왠지 믿음이 갔다. 여행에도 경력직이 있다면 그는 한참 선배였으니까. 한번 해보지 뭐. 워크어웨이!

처음의 시작은 이러했다. 돈을 아껴서 조금 더 오래 여행하고 싶다는 그 마음으로 우연히.

ABOUT WORKAWAY

워크어웨이는 회원들에게
홈스테이와 문화교류를 주선하는 플랫폼.
호스트가 제공하는 숙박 및 음식에 대한 대가로
하루에 미리 합의된 시간을 노동으로 제공해야 한다.

"Travel differently, connect globally."

우리의
첫 트래블
이력서

인도에 가야 할까? 여행 시작과 동시에 고민에 빠졌다. 사람들이 인도에 열광하는 이유가 궁금했다. 전 세계의 히피들이 모여드는 데는 분명 다른 나라에서 찾을 수 없는 무언가가 있다는 말이었다. 하지만 귀신보다 무서운 것이 사람이 아닌가. 성폭행 뉴스, 사기꾼들, 약을 탄 음료수는 언제나 그곳을 설명하는 단골 소재였다. 끔찍한 사건일수록 소문이 퍼지는 속도는 더 빠르다. '역시 내 생각이 맞았어.'라며 편견에 또 한 번 갑옷을 입힌다. 무성한 소문에도 불구하고 많은 여행자들이 인도로 향하고 있었다. 그래 이유가 있겠지. 가보기 전까지는 모를 일이다.

직접 마주한 인도는 한마디로 어떻다고 정의할 수 없는 곳이었다. 히말라야산맥을 끼고 있는 북부부터 힌두스탄 평야, 타르사막이 있는 라자스탄, 중부의 데칸고원, 남부의 해변 도시들까지 모두 인도 안에 있었다. 인도하면 떠오르는 종교는 힌두교지만 시크교, 자이나교, 이슬람교, 조로아스터교, 천주교까지 세상의 믿음이 다 모여 있다고 해도 과언이 아니다. 신들의 나라라고 불릴 수밖에 없을 정도로 각양각색의 신들이 존재했다. 지역에 따라 종교, 언어, 환경, 타고나는 사람들의 신분카스트 제도도 제각각이니 차를 타고 도시만 옮겨도 다른 나라에 온 것 같은 착각이 들었다. 셀 수 없을 정도의 혼란 속 여러 가지 이야기와 문화가 존재하는 곳. 그것이 여행자들을 불러들이는 인도의 매력이었다.

인도의 북부에 자리한 다즐링을 여행할 무렵이었다. 홍차 재배지로 유명한 이곳에 도착하고 며칠은 추위에 떨었다. 산 하나를 올라왔을 뿐이지만 풍경은 두 달간 보아왔던 인도와는 완전히 다른 세상이었다. 우리와 비슷한 생김새, 추위에 얼어버린 빨간 볼, 두꺼운 옷을 껴입은 사람들이 스쳐 지나갔다. 아무리 인도가 넓고 지역마다 색이 다르다 해도 '보기만 하는' 여행은 무료했다. 무얼 하며 이곳을 여행할지 고민하다 몽골에서 만났던 그 남자의 이야기가 떠올랐다. 얼른 워크어웨이 사이트에 접속해 이 근처에서 할 수 있는 일을 찾아봤다. 그 중 불교 사원을 복구하는 공고가 눈에 띄었다. 이곳의 호스트는 라마스님였다. 티베트불교라는 이름에서 오는 성스러움과 비밀스러움, 영적인 충만, 엄숙하면서 나지막이 읊조리는 기도 소리가 떠올랐다. 경전을 적은 깃발인 룽다와 오색 천이 바람에 나부끼는 것을 상상하니 결심이 섰다. 위험할 리 없다. 첫 지원서를 작성했다.

무슨 말을 써야 단박에 합격할 수 있을까? 사원복구에 적합한 인재상은 뭐니 뭐니 해도 건강한 육체일 것이다. 나는 남편과 내가 얼마나 체력이 좋은지, 끈기가 있는지 자세히 적었다. 막상 지원서를 보내고 나니 합격해도 걱정이다. 내가 잘할 수 있을까? 진짜 오라고 하면 어쩌지? 여행자를 노린 나쁜 사람들의 덫이면 어떻게 하지? 걱정으로 끙끙 앓은 지 하루도 되지 않아 라마에게 답장이 왔다.

[훤, 길상. 환영해요! 내 사원은 늘 일손이 부족해요. 언제부터 일할 수 있는지 알려줘요.]

이렇게 간단하게 합격하다니! K-직장인의 이력서 스킬이 먹힌 걸까? 그나저나 라마는 나를 어찌 믿고 그 오지로 부르는 것일까?

우리의 첫번째 직장은 히말라야와 가까운 작은 마을 림빅이었다. 이미 첩첩산중에 위치한 다즐링에서도

8시간 동안 차를 타고 더 높이 올라가야 도착하는 곳이었다. 림빅행 SUV 택시는 산속 마을 구석구석을 들리며 모두를 구겨 넣었다. 말이 택시지 버스보다 못했다. 맨 앞 열의 운전석에만 다섯 명이 나란히 앉아있었다.

"저 사람 중 대체 누가 운전을 하는 거야?" 분간이 안 된다. 내 엉덩이도 반쯤은 옆자리 아주머니의 허벅지에 걸쳐져 있었다. 함께 차를 탄 사람들은 이 정도는 늘 겪는 일상이니 유난 떨지 말자는 평화로운 눈빛이었다. 우리도 어색한 웃음을 띠며 베테랑 여행자인 척 지그시 눈을 감았다. 긴 시간을 견딘 후 택시에서 내릴 땐 엉덩이에 얼얼한 자국이 남았다. 여기서 끝이 아니었다. 사원에 가려면 마을에서부터 산 중턱까지 올라가야 했다. 하루 종일 끝나지 않는 이동이었다. 이렇게 먼 길이라는 것을 알았다면, 내가 과연 이곳에 왔을까? 남편 역시 표정이 좋지 않다. 15킬로 배낭을 메고 등산하리라곤 꿈도 안 꿔본 일이었다. 산을 오를 엄두도 못 내는 우리 앞에 트럭이 한 대 섰다. 마침 사원 근처로 배달 가는 식료품 트럭이었다. '죽으란 법은 없군.' 간신히 얻어탄 트럭은 디스코 팡팡이 따로 없었다. 게

다가 가파른 길이 나오면 차에서 내려 걷다가 다시 타야 했다. 이런 오지에 위치한 사원을 누가 찾아오기는 하는 걸까? 머릿속이 복잡할 찰나 어느덧 '옴마니밧메훔'이 빼곡히 적힌 넓적한 돌이 보이는 곳까지 도착했다. 오솔길 양쪽을 기득 메운 성스러운 경전의 무구와 펄럭이는 오색 깃발들이 티베트 불교 문화권에 들어와 있음을 실감하게 했다. 어둑한 저녁이 되어서야 사원 안으로 들어섰다. 평범한 아저씨 같은 라마와 젊은 청년인 도지, 무뚝뚝한 인상의 다와, 개성 넘치는 핑크 머리의 프랑스인 켈리까지, 네 식구가 우리를 맞이했다.

해가 사라진 숲의 공기는 순식간에 차갑게 바뀌었다. 추위를 쫓으려 장작이 타고 있는 부엌 아궁이 앞으로 모두 모였다. 장작은 사원의 유일한 난방 기구였다. 가녀린 전등 불빛 때문에 시커먼 부엌의 장작불이 더 붉게 빛났다. 한눈에 봐도 빈궁한 공간이었다. 앉을 의자를 하나 찾아 빠르게 두 눈을 굴렸다. 라마는 서먹해하는 우리를 한번 보고는 입을 열었다.

"한국에서 새로운 식구가 둘이나 왔으니, 환영의

저녁 식사를 합시다."

메뉴는 채소를 가득 넣고 만든 만두를 닮은 모모였다. 명절은 돼야 만들까 말까 한 만두를 처음 만나는 사람들과 함께 빚고 있으니 겉으로는 우리가 오랫동안 함께 살아온 식구처럼 보였다. 머리를 맞대고 각자의 모모를 만들었다. 내가 만든 것은 손대는 곳마다 만두 피가 터졌다. 예쁜 딸을 낳기는 글러 보였다. 어두운 부엌은 희뿌연 김과 따뜻함으로 가득 찼다. 층층이 쌓인 찜기에서 갓 나온 만두를 호호 불어 한입 베어 삼킨다. 채소만 다져 넣었을 뿐인데 담백한 그 맛은 어디서도 먹어보지 못한 맛이었다. 양 입술 가로 흐르는 즙을 닦으며 맛있게 한 끼를 해결했다. 소박하면서도 근사한 밥상이었다. 배가 불러오니 마음속 작은 의심들이 해소되었다.

'나쁜 사람들은 아닌 게 분명해.'

"한국에서 새로운 식구가 둘이나 왔으니,
환영의 저녁 식사를 합시다."

사원을
보수하는
요리사

2015년 네팔 지진으로 몇 백 년이 넘은 불교 사원이 무너졌다. 망연자실하던 라마는 사원으로 이어진 트레킹 코스에서 우연히 만난 스위스 여행자에게서 답을 찾았다. 그는 석 달 동안 무너진 사원에 머물며 복구를 도왔다. 그리고 라마에게 온라인으로 일하고 싶은 여행자들을 모집할 방법을 알려주었다. 라마는 이 시스템을 적극적으로 활용했고 몇 년간 전 세계 여행자를 림빅으로 불러 모았다. 그들의 노동력을 빌려 사원은 2년 사이에 그럴듯한 형태를 갖추게 되었다. 스위스 여행자의 혜안과 라마의 노력으로 우리 부부도 사원 복구를 돕기 위해 이 먼 곳까지 오게 되었으니 말이다.

　다음 날 우리는 본격적인 작업을 시작했다. 오래된 세월만큼 낡아버린 사원의 벽에 흰색 페인트를 칠하는 것이 우리의 첫 업무였다. 먼지를 잘 닦아낸 다음 어렵지 않게 벽을 메꾸어 나갔다. 라마는 그 모습을 한참이나 뒤에서 지켜보고 있었다. 뒤통수가 뜨거워 페인트칠을 더 꼼꼼하게 하려 애썼다. 오랜 정적을 깨고 라마가 말했다.

"명상이라고 생각해야 해요. 아무 생각도 하지 말고 페인트 칠하는 지금 이 순간만 집중해 봐요."

그냥 빨리 칠하거나 예쁘게 하라고 주문했어도 나는 그대로 열심히 했을 것이다. 나의 붓끝에서 잡생각이 느껴졌을까? 그는 나의 태도를 주문했다. 명상하듯 일하라는 그의 말에 한번 집중해보기로 했다. 생각을 비워내는 일, 이 순간에만 집중한다는 것. 나는 세상 단순한 사람인데도 생각을 비워내는 일이 쉽지 않았다. 생각은 또 다른 생각으로 번져나가는데 댐 속에 갇힌 물이 터져나가듯 망상들은 머릿속을 가득 메웠다. 현대인이 피곤한 이유였다. 우린 생각할 것들이 너무 많다. 통장의 잔액, 가까운 미래부터 먼 미래까지 계산하고 예상해 놓지 않으면 당하기 십상이었다. 머리를 굴려야 똑똑한 사람으로 인정받는 것 같으니 '생각이 없다'는 것은 결코 좋은 일이 아니었다. 잠시만이라도 평생 해오던 습관을 버리고 생각 없이 붓질에만 집중해서 일을 하려니 머릿속은 더 전쟁터가 되어갔다.

두 시간도 되지 않아 라마가 시킨 일을 마쳤다. 그 어느 때보다 힘든 붓질이었지만, 명상마저 빨리빨리 해내는 한국인이었다. 혹여 우리가 추울까 차를 준비해 온 라마는 작업이 끝나 말끔해진 벽을 보며 깜짝 놀랐다. "벌써 다 끝낸 겁니까?" 라마의 반응에 어깨가 으쓱 올라갔다. 라마는 귀한 인재를 발견한 듯 아주 흡족해하며 다른 색깔의 페인트를 내밀었다. 우리는 사천왕이 지키고 있는 사원 입구의 천장을 검붉은색으로 칠하기 위해 의자 위로 올라가 고개를 젖히고 한칸 한칸 메워나갔다. 하루 다섯 시간, 사원을 청소하고 페인트칠로 보수하고 나면 자유의 몸이었다. 이곳에서 다른 식구들은 무슨 일을 하는지 궁금했다.

켈리는 사원의 벽화를 그리며 위파사나 명상을 하며 시간을 보냈다. 프랑스에서 미술 교사였던 그녀는 불교에 대한 열정으로 인도까지 오게 되었다. 그녀가 가지고 있던 재능은 라마에게 꼭 필요하던 것이었다. 빈궁한 살림에 물감은 파란색 하나가 전부였지만, 그녀는 불교를 표현하기 충분하다고 생각했고 사원 안쪽 벽은 꽃으로 피어났다. 밋밋했던 벽은 파란 연꽃과 관세음보살의 미소로 아름답게 덮였다. 벽화는 한 달이 넘도록 그려지는 중이었다. 도지와 다와는 사원 한편에서 공방을 운영했다. 가구를 만들고 정교한 조각을 새겨 넣은 다음 인근 마을에 내다 팔았다. 월세를 내는 대신 사원에 필요한 일을 도왔다. 밥을 짓고, 사원 살림을 도맡았는데 도지와 달리 다와는 이 일에 흥미가 없어 보였다. 라마가 자리를 오래 비우는 날이면 다와는 마을로 내려가 술을 마셨다. 그가 며칠씩 돌아오지 않는 날에는 라마가 다와를 찾기 위해 마을을 샅샅이 뒤졌다. 어디를 가나 문제아는 있었다. 사원에 머무는 사람들은 모두 각자의 일정으로 바빴지만 늘 평온했다. 남편과 나는 주어진 역할을 묵묵히 수행한 후 우리만의 자유 시간을 즐겼다. 며칠이 지나자 산속에서 할 수 있는 일은 많지 않다는 것을 알게 되었다. 다와 녀석도 이런 마음이었을까.

평소 별일 없이 조용하던 마을은 오일장이 되면 딴세상이 되었다. 산골 사람들은 기다렸다는 듯 거리에 쏟아졌다. 전기세를 내기 위해 긴 줄을 섰고, 미뤄왔던 관공서 업무를 봤다. 식료품을 사려는 사람들로 좁은 골목은 발 디딜 틈이 없었다. 평소에는 볼 수 없던 빵이나 향신료, 신선한 채소로 울긋불긋 활기를 띠었다. 오지 마을이라고는 믿기지 않는 풍경이었다. 장이 서는 곳까지 한 시간이나 걸리는 먼 길이었지만 그 즐거움을 놓칠 순 없었다.

물자가 부족한 사원에서는 콩이나 밀가루, 감자, 스쿼시호박의 한 종류같은 채소를 주로 먹는다. 가장 사치품이라 여기는 음식은 산에서 직접 채취한 꿀, 라마가 찬장에 숨겨둔 비스킷, 아랫집 닭이 낳은 달걀, 밀크보이가 아침마다 가져다주는 갓 짜낸 우유 한 병 정도였다. 아침밥은 주로 보릿가루를 뜨거운 물에 적셔 손으로 뭉친 구수한 짬바와 끓는 우유에 홍차를 우려 낸 짜이를 마셨다. 자연에서 얻은 재료는 몸을 건강하게 만들었지만, 혀는 오랫동안 먹던 그 익숙한 맛을 그리워했다. 그러니 오일장은 우리가 손꼽아 기다리는 날이기도 했다. 나와 남편은 신이나 빠른 걸음으로 슈퍼까지 내달렸다. 코카콜라 한 병, 감자칩 한 봉지를 양손에 들고 외쳤다. 그래! 이 맛이야!

혀끝의 욕망을 채운 뒤 라마가 부탁한 서류를 관공서에 제출하고 사원의 전기세도 냈다. 긴 줄 속에 서 있으니 우리도 꼭 이 마을 사람처럼 자연스러워 보였다. 인도 중남부 사람들이 우리가 익히 아는 큰 눈과 높은 코의 뚜렷한 이목구비를 가졌다면, 림빅 사람들은 나와 같은 익숙한 동양인의 가느다란 선의 외모였다. 그래서 그런걸까. 그들도 우리를 어느 마을에서 온 젊은 부부쯤으로 생각하고 관심을 두지 않았다.

"혹시 요리 할 줄 알아요?" 어느 날 라마가 한식에
관해 물었다. 사원 내 식사는 도지와 다와의 담당이었지
만 라마는 한식을 궁금해했다. 그가 처음 만나는 한국인
이 나와 남편이었으니 그의 머릿속에는 우리가 한국인
의 표준이었다. 한국의 날씨, 종교, 직업, 음식 모든 것에
호기심을 표했다. 우리는 라마와 다른 식구들을 위해 흔
쾌히 주방일을 해보겠다고 큰소리를 쳤다. 취사병 출신
인 남편은 먼저 배낭 속 조미료 봉지를 꺼냈다. 커피숍
과 패스트푸드점에서 모은 설탕과 소금 봉지, 아껴 먹
던 다시다와 라면수프만 있으면 남편은 어디서든 한식
과 비슷한 맛을 만들 수 있었다. 자신감으로 부엌에 들
어왔지만 있는 재료라고는 밀가루와 감자가 전부였다.
남편은 잠시 고민하더니 밀가루 반죽을 치대 칼국수를
만들었고 나는 무를 소금에 절여 깍두기를 담갔다. 우리
둘 다 처음 해 보는 메뉴였다. 나는 돈만 있으면 무엇이
든 교환할 수 있는 세상에 살았었다. 하지만 이곳은 달
랐다. 무언가를 원하는 내 손과 마음을 거쳐야만 그나마
그럴듯한 무엇이 되었다. 아무것도 없는 환경은 오히려
더 많은 것을 해낼 수밖에 없게 만들었다.

감으로 겨우 만드는 요리 실력일지라도 오지 사원에서는 엄청난 재주가 되었다. 라마는 칼국수를 한입 먹더니 눈이 휘둥그레졌다. 히말라야 고산지대 사람들이 먹는 뚝바빨간 국물의 칼국수와 똑같은 맛이 난다고 했다. 나역시 다즐링의 식당에서 뚝바를 한 입 먹고 이 익숙한 맛을 극찬했으니 라마도 우리와 같은 공감의 경험을 했을 것이다. 켈리는 이제 사원에서 김치를 먹을 수 있게 되었다고 환호성을 질렀다. 남편은 진짜 이름 대신 '누들 마스터'로 불렸다. 어쩌다 보니 공양간 업무가 하나 더 늘어났다. 하지만 내 입에 맞는 음식을 만들 수 있었으니 좋은 일이었다. 빠듯한 사원 살림으로 한두 가지 채소 반찬과 쌀밥 혹은 수제비 같은 소박한 음식밖에 차릴 수 없었다. 그런데도 사원의 모든 사람이 다 같이 모여 온전한 식사를 하니 진짜 제대로 된 밥을 즐기는 기분이 들었다. 얼굴을 맞대고 음식의 고마움, 하루의 에피소드가 버무려진 진짜 식사였다.

세상과 단절된 사원에 오자 우리가 지금까지 어떤 삶을 살고 있었는지 선명하게 보였다. 휴대전화에 눈을 떼지 못하고, 그 속의 정보들을 쫓아다닌다. 물질이 충만한 세상에서 항상 결핍을 느낀다. 옷이 가득한 옷장을 두고도 입을 옷이 없고, 음식으로 넘쳐나는 냉장고가 있어도 먹을 것이 없다고 말한다. 반면 사원에서는 물건이 부족하다는 것은 아무 일도 아니었고, 세상과 끊어져 있었을지라도 이곳 사람들과는 완벽하게 연결되어 있었다. 이곳의 삶은 말 그대로 매우 불편했다. 코팅이 다 벗겨진 프라이팬, 불을 지펴야만 얻을 수 있는 따뜻한 물과 공간. 그런데 이 불편함 때문에 매 순간 깨어 있는 삶을 사는 것 같다고 느꼈다. 나를 편하게 만들어 주는 기계는 아무것도 없었다. 굳이 몇 가지를 꼽자면 가스레인지와 불을 밝히는 전등 정도였다. 인터넷은 하루 삼십 분 정도 한 사람씩 이용할 수 있었다. 처음에는 세상 소식이 궁금해 손이 근질근질했지만, 답답한 속도에 그마저도 포기했다. 대신 밤이면 따뜻한 부엌에 모여 앉아 라마의 피리 소리를 듣거나 서로가 속해 있던 다른 세상의 이야기로 밤을 보냈다. 불편하지만 단순하고 정갈한 생활이었다. 하루를 온전하게 산다는 것을 오랜만에 느끼고 있었다. 켈리가 프랑스에서 이곳 먼 림빅까지 찾아와 위파사나 명상을 하는 것 역시 우연이라고만은 볼 수 없었다.

"명상이라고 생각해야 해요.
아무 생각도 하지 말고 페인트 칠하는
지금 이 순간만 집중해 봐요."

완벽하지
않아도
괜찮아

평화롭던 사원은 젊은 일꾼들로 갑자기 생기가 돌았다. 사원 복구를 돕기 위해 미국인 죠시와 시와가 합류했다. 이탈리안 레스토랑의 요리사인 죠시와 펀드매니저였다는 시와는 직업과 반대로 그 행색이 히피 그 자체였다. 남루한 옷차림에 엉겨 붙은 머리, 약간의 냉소적인 말투는 친해지기 어려워 보였다. 사람이 많아질수록 해야 할 일도 늘어났다. 특히 음식을 담당했던 우리는 매 끼니를 차려내느라 바쁜 생활을 보냈다. 라마가 시키는 일을 어디까지 해야 하는지를 몰라 그냥 주어진 일을 생각 없이 묵묵히 할 뿐이었다.

우리의 태도는 예기치 않게 정의롭고 공평한 일의 분배를 중요시하는 켈리의 심기를 건드렸다. 그녀는 우리가 너무 열심히 일하는 탓에 라마가 더 많은 걸 요구한다고 했다. 한마디로 우리가 'NO'라고 얘기하지 않는 것이 문제였다. 죠시, 시와 그리고 켈리는 늘 본인들이 하고 싶은 일이 우선이었다. 서양인 셋은 각자 일을 하고 싶지 않은 기분을 내세우며 라마의 요청을 거절하기도 했다. 그날의 할 일을 전달하기 위해 라마는 매번 진땀을 뺐다. 반면에 우리는 늘 모든 요구에 'YES'였다.

나이 지긋한 종교인의 지위 때문에 또는 그는 호스트고 나는 일하는 사람이니 자연스레 갑과 을의 관계라고 생각했을지도 모른다. 우리는 상하 관계라고 인식했고, 그들은 동등한 관계라고 여겼다. 작은 것부터 큰 것까지 서양인 셋과 우리 부부의 생각은 다 달랐다. 먹고 싶은 메뉴, 설거지 당번, 업무 배분까지 무엇이든 자신의 의견이 있는 그들과 달리 우리는 '좋은 게 좋은 거지, 편하게 하자'로 일관했다. 다른 문화권에서 모인 공동체였으니 작은 갈등은 자주 일어났다. 남편은 이런 토론을 될 수 있으면 피했다. 언어의 한계이기도 했지만, 만약 설거지 당번을 놓고 싸울 거라면 본인이 하는 편이 마음 편했기 때문이다. 일이 끝나고 툴툴댈지언정 불화보다는 수고로움을 택했다.

사원의 아침은 아랫집 밀크보이에게 받은 우유 한 병으로 하루를 시작했다. 죠시는 우유를 보고 좋은 생각이 떠올랐는지 아침밥으로 팬케이크와 버터를 만들겠다고 큰소리를 쳤다. 버터를 어떻게 만들지는 모르겠지만 요리사니까 자신이 있겠거니 했다. 사원의 모두가 진짜 요리사 출신이 차려주는 식탁에 기대가 컸다.

"아직 부엌 사정을 잘 모르는군."

오직 한 사람 길상이만 나지막이 읊조리며 콧방귀를 꼈다. 사실 부엌에는 제대로 된 조리 기구 하나가 없었다. '에라 모르겠다. 될 대로 되라지.'라는 마음으로 나와 남편은 마당에 나가 아침 해의 따듯한 기운을 듬뿍 받으며 오랜만에 남이 차려주는 아침을 기다렸다. 죠시는 본인의 텀블러에 우유를 붓고 한참 흔들며 사원을 돌아다녔다. 버터를 먹을 생각에 벌써 기분이 좋아 보였다. 아침 식사 시간이 꽤 지났지만, 그는 끊임없이 흔들 뿐이었다. 긴 기다림 끝에 둘러앉은 아침 식탁에는 텅 빈 우유병과 고작 한 줌의 버터, 굽다가 포기한 팬케이크 4장이 올라와 있었다. 죠시는 아침의 결과물을 자랑스럽게 보여주며 "이게 진짜 버터지!! 어때? 냄새 한번 번 맡아봐!"라며 의기양양 말했다. 오랜만에 보는 버터를 조금씩 덜어 맛봤다. 꽤 그럴싸한 맛이 났다. 하지만 속으로 '한 줌의 버터를 위해 1.5리터 우유를 다 쓰다니! 하루 종일 짜이를 마셔야 하는데! 저 자식은 보릿고개에 태어났으면 진짜 큰일 났다. 큰일 났어.'라며 혀를 끌끌 찼다. 성인 7명이 먹어야 할 음식으로는 턱없이 부족했지만, 불만을 가진 사람은 아무도 없었다. 부족하게 먹으면 될 뿐이었다. 물론 부엌 살림을 책인지는 길상이만 빼고.

"하루 종일 먹을 우유로 지금 버터를 만든 거야? 사람들은 뭘 마시라고! 내 주방에서는 있을 수도 없는 일인데."

"나도 그렇게 생각해. 그래도 내일 아침이면 우유가 또 오잖아. 기분 풀어."

다독이는 내 말에도 길상이는 계속해서 불평을 쏟아냈다. 그렇게 싫었으면 하지 말라고 하지 그랬냐는 말에 "난 영어를 못하잖아! 몰라! 말도 하기 싫어."라며 한숨만 푹푹 쉬었다. 정작 죠시에겐 한마디도 못하고 '부엌 일도 모르는 저 녀석'이 마음에 들지 않는단다.

버터 사건은 우리가 얼마나 다른지 또한번 깨닫게 해주었다. 조금 성에 차지 않은 아침을 마주했지만 우려를 표하는 우리와 달리 사원의 사람들은 개의치 않았다. 그러면 어때? 상대방의 만족에 나를 끼워 넣을 필요는 없었다. 죠시는 노력했다. 결과물이 맘에 들지 않더라도 사람들은 그 노력을 인정했다. 비록 속으로 조금 불만 있는 사람이 있을지언정 비난 대신 웃음으로 아침을 시작하는 것이었다. 우리에겐 잘해야 한다는 압박감 대신 안 좋은 결과에도 웃을 수 있는 여유가 필요했다. 다음 기회가 또 있으니 말이다. 사실 아무도 완벽한 나를 기대하지 않았는데 그걸 들킬까 봐 전전긍긍하며, 스스로 좋은 결과에 얽매어 힘들지 않았던가. 그래서 나는 이들과 있으면 왠지 마음이 편했다. 내가 완벽하지 않다는 걸 당연하게 받아들여 줬기 때문이다.

죠시나 시와 켈리는 본인의 감정이 최우선에 놓여 있었다면 우리는 상대방이 어떻게 생각하는지에 더 많은 가치를 두고 있었다. 남이 행복해야 나도 더 많은 만족을 느꼈으니, 눈치를 많이 본다는 뜻이기도 했다. 옳고 그름의 문제는 아니었다. 사고방식의 차이일 뿐이었다. 우리는 작은 갈등을 겪으며 그름이 아닌 다름을 조금씩 배워가고 있었다.

동서양 다섯의 지원자들은 가끔 별것 아닌 일로 서로 기분이 상했다가도 같이 페인트칠을 하고 설거지를 하다 보면 미운 감정들은 지나가는 일이 될 뿐이었다. 죠시와 길상이는 주방에서 마늘을 까며, 콩을 씻으며 서로가 알고 있는 재료 손질 방법들을 이야기했다. 요리에 관해선 죠시가 알고 있는 것이 훨씬 많았고 길상이는 몸으로 그걸 하나씩 배웠다. 며칠이 지나자, 남편은 "그래도 죠시는 생각보다 좋은 녀석이긴 해."라고 했다. 부대끼는 시간이 늘어날수록 우리는 완벽하지 않은 서로를 편한 친구로 받아들였다.

결과물이 맘에 들지 않더라도 사람들은 그 노력을 인정했다.
비록 속으로 조금 불만 있는 사람이 있을지언정
비난 대신 웃음으로 아침을 시작하는 것이었다.

**쓰레기,
여행자,
세계평화**

우리는 시간의 속도가 조금 다른 곳에 살고 있었다. 산을 타고 내려오는 차가운 물로 개운하게 세수하고 희뿌연 안개가 사원까지 기어 올라오는 것을 지켜봤다. 얼마 지나지 않아 해가 높게 비추면 따뜻한 차한 잔을 들고 마당으로 나가 차가운 몸을 녹였다. 햇볕을 내리쬐며 한참의 시간을 보냈다. 아침을 먹고 나면 그날 해야 하는 일을 묵묵히 했다. 점심시간만 되면 모두 할 말이 많았다. 오후에는 시와가 가르쳐주는 요가를 따라 했고 켈리의 위파사나 명상을 흉내 내보기도 했다. 하루가 끝나는 밤이면 딱딱한 침대에 누워 보람찬 날이라는 생각을 하며 잠을 청했다. 시계를 볼 필요도 없이 하루는 물처럼 흐를 뿐이었다. 어느덧 나는 이 생활이 편안했다. 몇 년을 살아왔던 곳처럼 이곳의 일부분으로 스며들었다. 약속했던 2주가 다 되었을 무렵, 고요한 사원을 나와 다시 여행을 떠나려니 쉽게 결단이 서지 않았다. 떠나고 싶지 않았다. 아직 하지 못한 일이 있었다. 라마와 함께 녹차 나무 몇 그루를 심기로 했고 켈리의 벽화가 완성되는 것도 봐야 했다. 좋아하던 여행을 다시 할 수 있는 순간이 왔는데, 잠시 나의 집이었던 곳에 미련이 남았다. 라마 역시 YES맨 일꾼두 명을 잃는 것이 아쉬웠을 것이다. 떠나기 전날 밤,

라마는 우리를 아궁이 앞에 앉혀 놓고 이야기했다.

"당신들은 참 운이 좋아요. 누구는 꿈도 못 꿀 여행을 하니까요. 그 운을 남들에게도 조금 써줘요. 돌아다니기만 하는 여행은 쓰레기만 만들 뿐이에요. 전 세계에 쓰레기를 버리고 다니는 여행자가 되고 싶진 않죠?" 라마의 눈에는 여행자가 그렇게 보인다고 했다. 평생을 히말라야 자락에서 보낸 그는 쓰레기가 넘치는 복잡한 도시, 그것을 구경하러 다니는 여행자를 이해할 수 없었다. 우리가 개인의 즐거움을 위해 쓰레기를 버리고 다니는 사람이라니. 신선하면서도 충격적이었다. 하지만 생각해 볼수록 맞는 말이었다. 히말라야까지 쌓인 쓰레기 더미를 보며 인간이란 존재는 참 대단들도 하다 생각했는데, 나 역시 다르지 않았다. 세계여행의 다른 말은 전 세계에 쓰레기를 버려보겠다는 각오와 진배 없었다.

떠나는 날, 라마는 우리에게 특별한 요청을 했다. 사원을 둘러싸고 있는 낮은 말뚝에 한국어로 '세계평화'라는 말을 적어 달라 했다. 의미와 달리 그 네 글자 적는 것이 어렵겠는가. 남편은 이미 오랜 세월 동안 기둥에 글자만 써온 사람처럼 반듯하게 또박또박 적어 내려갔다. 라마는 몇 년이 지나 우리가 이곳에 다시 온다면 기둥마다 다른 나라의 언어들로 세계평화가 적혀 있을 것이라 자신했다. 한글을 읽을 줄 아는 누군가가 이곳까지 찾아온다면, 우리의 세계평화를 마주하게 될 것이다. 남편의 반듯한 글자를 보며 생각하겠지.

'이곳까지 와서 기둥에 글자를 적었다고?!'

세계평화는 다음 사람에게 남기는 서프라이즈 선물이기도 했다. 라마의 바람대로 멋지게 완성된 사원을 상상해 봤다. 깊은 산속에 있는 사원이었지만 많은 여행자의 집이 될 곳이었다. 첫 직장을 통해 우리는 일을 하면서 여행을 계속해 나갈 수 있겠다는 자신감을 얻었다. 일하는 건 '별로'라고 말하던 남편도 어느새 떠나기를 아쉬워했다. 여행과 일은 완전히 다른 것이었지만 그럼에도 둘을 동시에 하는 것이 가능할 뿐만 아니라 그 너머의 무엇이 있음을 느꼈다. 다시 도시로 내려갈 준비를 했다. 무거운 배낭을 메고 사람들과 인사를 할 때 알 수 없는 변화를 느꼈다. 몽골에서 만난 그 남자의 말이 옳았다. 워크어웨이를 직접 해보지 않고서는 이것을 무엇이라 말할 수 없었다. 첫 직장을 뒤로 하고 길을 나섰다.

"첫 직장 어땠어?"

"이런 여행도 괜찮을 것 같아. 좋은 사람들과 오래 함께하는 거."

"돌아다니기만 하는 여행은 쓰레기만 만들 뿐이에요.
전 세계에 쓰레기를 버리고 다니는 여행자가 되고 싶진 않죠?"

두번째 직장, 인도 사막
낙타들은 어디에 있어요?

사우나
생존 서바이벌

낙타 사파리 베이스캠프에서 일할 직원을 찾고 있다는 글을 보았다. 어떤 곳일지 상상해 봤다. 아름다운 불빛으로 반짝이는 사막. 텐트의 얇은 천이 저녁 바람에 휘날린다. 뜨겁고 건조한 모래바람은 저녁이 되자 서늘하게 식는다. 우린 먼 길을 여행하고 온 낙타에게 물을 먹이고 여행자들에게 잊지 못할 밤을 선물하기 위해 사막의 음식을 준비한다. 쥬이시하프라 불리는 모르싱과 타블라╵에서 흘러나오는 소리는 밤의 정취를 더한다. 여행자들이 잠들기 전까지 우리의 밤은 끝나지 않는다. 상상만으로 혹했다. 사막의 모래 속에 푹 빠져 지낼 기회였다. 우리 부부가 얼마나 성격이 좋은지 지원서에 어필했다. 사교적이라 어떤 손님도 응대할 수 있다고 과장을 섞었다. 간절하게 사막의 아라비안나이트를 경험하고 싶었다.

며칠 뒤, 나의 심장을 두근거리게 하는 메일 한 통이 도착했다.

[언제부터 일할 수 있어요?]

인도의 서쪽, 라자스탄. 사막의 황금빛으로 가득

한 도시들은 저마다 특유의 색상을 가지고 있었다. 핑크 시티, 블루 시티 등, 색으로 지역을 나눠 부르기도 했다. 내가 가기로 한 비카네르는 한국 여행자들에게 생소한 도시였지만 그래도 어떠하리. 숨겨진 여행지를 찾아낸 선구자가 될지도 모르는 일이었다. 아스팔트에 달걀후라이를 할 수 있을 것 같은 5월의 뜨거운 열기를 뚫고 비카네르로 가는 2층 침대 버스에 올라탔다. 우린 이때 멈추어야 했다.

이른 새벽 목적지에 도착했다. 열기는 온데간데없고 숨쉬기 편안한 서늘한 공기가 폐 안을 채웠다. 호스트인 요기의 호텔을 찾아 릭샤를 불러세웠다. 10분쯤 달렸을까? 한적한 동네의 5층 건물 앞에 섰다. 우리를 제일 먼저 맞이한 것은 호텔의 개 '달걀'이었다. 교통사고로 다리를 하나 잃은 달걀은 흥분을 가라앉히지 못하고 세 개의 다리를 발발거리며 땀으로 절은 남편의 몸을 구석구석 핥아줬다. 개의 축축한 침에 질색하며 로비로 뛰어 들어갔다. 로비는 텅텅 비어 있었다. 사람을 불러도 나오는 이가 없었다. 몇 분 뒤 거구의 요기가 부스스한 얼굴로 방문을 열고 나왔다.

"일찍 왔네요." 웃고는 있지만 느릿한 말투와 반쯤

감긴 눈은 마주 앉은 사람의 기운을 축 처지게 했다. 아침 식사를 간단하게 먹은 뒤 방을 배정받았다. 아래층 객실은 모두 비어 있었는데도 굳이 5층 건물의 꼭대기 층으로 우릴 안내했다. 눈앞에 펼쳐진 곳은 거대한 닭장 같았다. 20개도 넘는 침대는 사용한 지 오래되어 케케묵은 먼지 냄새가 진동했다. 우리는 진짜 이때 도망쳤어야 했다.

가방을 내려놓고 우리는 요기와 함께 사막으로 향했다. 도심에서 20분 정도 차를 타고 나가니 뜨거운 모래바람이 서서히 느껴졌다. 해가 머리 위로 올라오자 도시의 것과 비교할 수도 없는 사막의 더위가 시작되었다. 라자스탄의 결혼식이나 식사 모임은 모두 밤이라고 했다. 왜냐하면 신들도 타들어 가는 더운 낮에는 모습을 감추었다가 서늘해진 밤이 되어서야 밖으로 나와 축복을 내리기 때문이다. 역시 신은 현명했다. 나만 어리석게 라자스탄의 더위를 우습게 봤다. 요기는 우리 부부를 허허벌판 사막에 내려줬다. 멀리 창고 하나와 진흙으로 지은 관광객용 숙소 몇 개가 보였다.

"낙타들은 어디에 있어요?"

"장사가 안돼서 다 팔았어요."

황당한 답을 담담하게 했다. 앙꼬 없는 찐빵 같은 소리에 나는 눈만 끔뻑이고 서 있었다. 내리쬐는 태양 때문인지, 사막 모래의 열기 때문인지 머리가 어지러웠다. 그는 낙타 사파리가 아니라 다가올 성수기를 대비해 사막 캠프를 재정비할 사람이 필요하다고 말했다. 내 예상과는 달랐지만, 잘 생각해 보니 낙타가 있어도 문제였다. 고약한 냄새가 나는 낙타를 돌보는 일이 좀 힘들겠는가. 이 더운 사막에서는 내 몸을 돌보기도 힘들테니 낙타가 웬 말인가! 긍정적으로 마음을 다시 먹었다.

"일주일에 한 번 음식과 물을 가져다줄 거예요. 두 분은 저기 숙소에 머물면서 새벽에만 일해주면 돼요. 낮은 뜨거워서 일하기 어려울 거예요. 내 땅은 저 멀리 보이는 울타리까지거든요. 나는 이걸 다시 만들고 싶어요."

손가락으로 가리키는 저 먼 곳에는 아지랑이가 피어오르고 있었다. 요기는 내 얼굴을 한 번 보고는 다시 말을 이어 나갔다.

"새벽에 나뭇가지를 주워와 울타리를 만들면 되요. 사파리 손님이 있으면 낙타를 타고 올게요."

들을수록 황당하기 짝이 없었다. 요기의 말만 들으면 참 쉬웠다. 그 쉬운 말에 나는 어안이 벙벙해져 말을 잇지 못했다. 그가 넓은 땅은 가진 건 나에게 전혀 반가운 일이 아니었다. 일주일에 한 번, 그러니까 일주일에 단 한 번 우리를 찾으러 온다니? 생사를 확인하러 온다는 말이잖아! 낙타 사파리 업무는 언제 올지 모르는 손님을 기다리며 사막에서 살아남는 생존 서바이벌로 바뀌어 있었다. 더군다나 새벽에는 일하고, 해가 뜨면 집에만 있어야 한다니. 기동력 없는 우리가 사막에서 어디를 갈 수 있단 말인가. 남편에게 요기가 하는 말을 통역해 주었다. 사색이 되어가는 남편은 나와 같은 표정을 했다. 난색을 표하는 우리를 달래기 위해 요기는 주변부터 안내했다. 숨이 턱턱 막혔다. 창고 지붕 아래 작은 그늘만이 유일한 안식처였다. 요기와 함께 온 직원은 천막을 걷고 주변을 정리했다. 우리도 쉬고 있을 수만은 없어 눈치껏 돕는 둥 마는 둥 흉내를 냈다. 하지만 곧 천막이고 나발이고 다시 그늘로 도망쳐 왔다. 샌들 속으로 들어오는 모래 때문에 발을 뗄 때는 걸음과 동시에 모래를 털며 껑충껑충 뛰었다. 이 사막의 더위를 어떤 말로 표현해야 할까? 기름 없이 오래 달구어진 프라이팬? 맥반석 오징어의 맥반석? 요기는 태양 아래 사막의 숙소를 보여주며 나를 다시 한 번 유혹했다. 진흙으로 만든 집은 라자스탄풍의 반짝이는 유리 조각으로 장식되어 있었는데 정말 그럴싸해 보였다. 잠깐 그 화려함에 반해 마음을 고쳐먹을까도 했지만, 남편은 고개를 절레절레 흔들었다. "그래도 못해. 정신 차려!" 우린 못한다. 이건 처음 약속한 일이 아니었다. 그런데 여기까지 와서 전부 포기하기엔 아쉬움이 남았다. 나는 요기에게 물었다.

"혹시 사막 말고 호텔에서 할 수 있는 일은 없을까요?"
"그러면 숙박 청구서 만드는 일을 도와줘요."

그의 말이 떨어지기 무섭게 우리는 차에 얼른 올라타 사막에서 탈출했다. 생존 서바이벌을 가까스로 피하고 나니 에어컨 바람과 함께 안도감이 시원하게 밀려왔다.

"낙타들은 어디에 있어요?"
"장사가 안돼서 다 팔았어요."

수드라를
기대하신 걸까요?

"10년 차 직장인에게 엑셀 작업 몇 개는 우습지!"

한 시간도 안 되어 업무는 끝났다. 나는 여기에서 별로 할 일이 없었다. 요기는 일단 밖에 나가 비카네르를 구경하라고 우리 등을 떠밀었다. 해기 질 때를 기다렸다가 릭샤를 타고 도시 한 바퀴를 돌았다. 낮과는 사뭇 다른 도시 풍경이었다. 식당도 시장도 손님들로 북적였다. 선선한 바람이 부는 밤이 되니 모두 밖으로 나와 신의 축복을 즐기고 있었다. 나 역시 낮의 고난은 까맣게 잊은 지 옛날이었다. 나는 남편과 이 도시에서 제일 비싸다는 궁전레스토랑으로 향했다. 예전에는 왕이 사는 궁전이었지만 지금은 호텔로 쓰이고 있는 '락슈미 팔라스'였다. 사막에서 만든 미간 주름은 맛있는 음식과 시원한 에어컨 콤보 세트면 풀릴 터였다. 나와 남편은 카스트 계급 중 수드라노예계급쯤에 속할테지만, 돈 몇 푼으로 궁전 안까지 입장할 수 있다니 얼마나 좋은 세상인가. 사원에서 배운 가르침은 사막의 더위에 까무룩 녹아버렸다.

호텔 안 정원에는 무희가 반짝이는 검은 옷을 입고 춤추고 있었다. 뱅그르르 돌 때마다 치마 단 아래 붙은

은색 장식이 짤랑거리는 소리를 냈다. 건물은 사암의 단조로운 모래 빛이었지만 정교하게 조각된 기하학 무늬의 음영이 궁전다운 화려함을 더해줬다. 거기에 조명까지 비추니 하루 종일 마음에 드는 구석이라고는 없던 비카네르에서 좋은 점 하나를 드디어 발견한 것 같이 황홀했다. 우리 둘은 밤이 늦도록 궁전에 앉아 시원한 바람과 함께 신의 축복을 즐겼다.

요기의 호텔로 돌아가는 길, 둘 다 말이 없어졌다. 만감이 교차했다. 같은 밤공기인데 이쪽과 저쪽의 차이는 너무도 컸다. 조금 전의 세상과는 다르게 나의 호텔은 정적이 가득했다. 우리의 방은 더욱 그랬다. 사람이 있어야 할 공간에 침대만 덩그러니 있으니 조용함이 더 무겁게 느껴졌다. 요기는 어쩌면 외로워서 우리를 채용한 것일지도 모르겠다. 손님 한 명 없는 이 큰 호텔에서 혼자 보내는 하루가 외로운 게 분명했다. 낮 동안 내리쬔 태양에 방은 뜨겁게 달구어져 있었다. 사우나 사막을 피해 도망쳤는데 또다시 사우나라니! 시원하게 씻으면 이 피로와 더위가 사라질 것 같은데 아무리 물을 틀어도 뜨거운 열수만 콸콸 흘러나왔다. 더운 중동의 나라에서는 냉수가 나와야 부잣집이라던데, 그 말이 진짜였다. 나는 냉수를 기다리다 지쳐 어쩔 수 없이 뜨거운 물을 몸에 뿌렸다. 반사적으로 괴성이 터져 나오며 두 다리를 번갈아 가며 팔짝팔짝 뛰었다. "아어흐흐흐흐…아갸갸갸갸…." 뜨거운 물이 증발하면서 조금 시원하다는 착각이 들있다. 샤워를 끝낸 길상이와 나는 서로를 쳐다보며 어이없는 웃음이 터졌다.

"우리 지금 여기서, 왜??"

침대 위 머리맡에는 개인용 선풍이 한 대가 달달거리며 돌았다. 뜨거운 바람만 빌빌 나왔지만 의지할 냉방 기기라곤 그것밖에 없었다. 숨을 돌릴 찰나 달걀은 사람의 인기척을 듣고 우리 방으로 쏜살같이 뛰어 들어왔다. 흥분한 채 혀를 내밀고 남편에게 직진하더니 기어코 침대 위에 자리를 차지하고 떡하니 앉았다. 염치없는 녀석에게 길상이는 화가 단단히 났다.

"이 개새끼가!"

나한테 하는 말인가? 이따위 직장을 구했다고 구

박하는 것이 틀림없었다. "내일 당장 여기서 나가자. 난 도저히 못 하겠다." 달걀 덕에 남편의 퇴사 결심은 더 확고해졌다. 그리고 그의 말이 옳았다. 할 일은 없어졌고 뭘 해야 할지도 몰랐다. 더 이상 머물 이유도 없었는데 숙소마저 도움이 안 되었다. 우리 둘은 밤새 물을 적신 수건으로 몸을 닦으며 자다 깨기를 반복했다. 잠결에도 '이놈에 집구석, 해만 뜨면 내가 나가고 만다.'라며 이를 갈며 다짐했다.

새벽 5시, 잠은 포기하고 밖으로 나갔다. 우리 방보다 열 배쯤 시원한 공기가 불어왔다. 달걀도 새벽부터 우리를 따라나섰다. 소 무리가 길을 서성이며 부지런히 되새김질하고 있었다. 소 팔자가 부럽긴 처음이었다. 이럴 줄 알았으면 새벽에 도망쳐 나와 노숙을 하는 건데! 문을 연 상점을 찾아 콜라 한 캔으로 목을 축이고 나니 인제야 살만 했다. 집을 떠나와 있으니 작은 것에도 자주 감사하고 행복을 느꼈다. 시원한 물, 입에 맞는 과자, 푹신한 매트리스, 깨끗한 이불, 안전한 자물쇠처럼 별생각 없이 누렸던 것들이 고마웠다. 오늘은 시원한 콜라 한 캔이 그랬다. 혀를 치며 튀기는 탄산의 떨림과 목젖을 '탁' 치는 시원함. 불타는 지옥에서 쾌

적한 천국으로 온 것 같았다. 어차피 떠나기로 마음먹었으니, 요기가 깨어날 때까지 편안한 마음으로 1층 로비에 늘어졌다.

그가 방문을 열고 기지개를 켜기 무섭게 나는 그에게 달려갔다. "요기, 방이 너무 더워서 잠도 한숨 못 잤어요. 텅텅 빈 호텔의 방 한 칸도 못 주는 거라면 우린 그만두겠어요." 더 이상 림빅의 YES맨은 없었다. 당황하는 요기는 미안하다는 몸짓과 함께 다른 방을 주겠다고 우리를 달랬다. 혹시나 하는 마음에 못 이기는 척 구경이나 해볼까 싶어 그를 따라나섰다. '에어컨 달린 시원한 방을 주려나?'

"여기는 1층이라 훨씬 시원하니까 지낼 만 할 거예요." 그가 가리킨 건물 구석의 시커먼 방은 침대만 덩그러니 놓여 있는 창고였다. 몇 달 동안 사용하지 않았는지 곰팡이가 슬어 있었다. 남편과 나는 또 한 번 당한 것이었다. 내 이럴 줄 알았다. 나도 더 이상 못 참겠다. 외로운 요기는 호텔에 수드라가 필요한 것이 분명했다.

"아니요! 당신 노예로 일하려고 지원한 게 아니라고요. 나는 일을 했고 우린 정당한 대우를 받아야 해요. 우린 당장 떠나겠어요!"

미련을 버리지 못하고 다른 방을 주겠다고 분주히 움직였지만, 우리의 인내심은 끝나버렸다. 여행자에게 좋은 호스트만 있는 것은 아니었다. 남편과 나는 미리 싸 놓은 배낭을 가지고 내려와 뒤도 돌아보지 않고 호텔을 나왔다.

"잠깐만, 잠깐만!" 우리 뒤통수에 대고 애타게 소리쳤지만 소용없었다. 나는 길상이와 릭샤를 한 대 불러 세웠다.

"락슈미 팔라스로 가주세요."

"이 개새끼가!"

세 번째 직장, 네팔 박타푸르

탱화를 그리는 예술가

옛 도시의
예술가

"길상아, 네팔에 가면 뭐 해보고 싶어?"

"켈리가 그리던 벽화처럼 네팔에서 탱화를 그려보고 싶어."

"탱화? 그래, 그러지 뭐."

림빅에서 본 켈리의 벽화가 남편에게 꽤 깊은 인상을 준 모양이었다. 인도와 네팔 사이의 국경에서 3개월짜리 비자를 받아 놓았으니, 탱화 학교에 가도 충분한 시간이 있었다. 카트만두의 탱화 상점 몇 군데에 들러 그림 그리는 학교에 관해 물어봤지만, 구매력이라고는 전혀 없어 보이는 손님에게 친절히 가르쳐 주는 이는 없었다. "여기 말고 박타푸르에 가봐요. 학교는 다 거기 있어요." 아무 소득 없을 것 같은 하루였지만 드디어 장소를 알아냈다. 오래된 도시 박타푸르. 네와르 왕국의 수도였던 도시는 세계문화유산으로 지정되어 있었다. 명성에 걸맞게 도시 자체만으로도 어마어마한 곳이었다. 닥터 스트레인지에서 베네딕트 컴버배치가 카트만두 골목을 돌아다니며 손을 고쳐줄 스승님을 찾는 것처럼 우리 역시 탱화 스승님을 찾아 박타푸르로 향했다.

마을 입구는 지진으로 무너진 사원과 건물의 파편이 길목마다 쌓여 있었다. 림빅의 사원보다 더 큰 피해를 입었다는 것을 첫눈에 알 수 있었다. 복구가 다 되려면 한참은 걸릴 것처럼 보였다. 그런데 광장을 지나 마을 안쪽으로 들어가니 온전한 모습의 사원들이 눈앞에 펼쳐졌다. 붉은 지붕을 얹은 거대한 사원의 처마 끝을 올려다보려 고개를 드는 순간, 그 자태에 압도당했다. 냐타폴라 사원은 5층으로 된 높은 탑이었다. 가파른 계단을 올라 사원 꼭대기에 걸터앉으면 박타푸르 도시가 한눈에 들어왔다. 붉은 지붕들이 빼곡한 도시는 시간을 초월한 듯했다. 탱화 학교를 찾기도 전에 우리는 박타푸르가 마음에 들었다. 오래된 도시를 바라보며 마시는 차 한잔만으로도 이곳에 매료되기 충분했다. 남자들은 종이배 같은 모자를 쓰고, 여자들은 붉은 옷을 입었다. 관광객들은 오후가 되면 모두 썰물처럼 빠져나갔다. 저녁이 되자 나는 박타푸르에 홀로 남겨진 시간 여행자가 된 듯 한 기분이 들었다.

골목들 사이에 자리한 여러 탱화 상점에 들어가 그림을 배울 수 있는지 물었다. 그중 도자기 광장 앞 탱화 상점에서 오늘 당장 수업이 가능하다고 했다. 상점 주인은 같은 건물 2층의 작은 화실로 우리를 데려갔다. 겹겹이 쌓인 미완성인 탱화, 분주한 사람들의 손놀림, 우리가 상상한 탱화 학교는 아니었지만, 이곳에도 선생님은 있었다. 우린 한 달간 여기서 그림을 배우고 작품을 하나씩 완성하기로 했다. 하루 7시간. 쉬는 날은 일요일 하루였다. 학교도 등록했으니, 관광사무소로 가서 하루짜리 박타푸르 관람권을 체류증으로 바꾸었다. 탱화를 그리는 동안만큼은 이곳의 주민이라는 신분증이 나왔다.

도자기 광장과 가까운 곳에 호텔을 하나 계약했다. 최소 한 달은 머무를 예정이라고 하니 하루 2만 원이라던 방은 8천원까지 내려갔다. 테라스와 루프탑이 마음에 쏙 드는 숙소였다. 루프탑에 오르면 냐타폴라 사원을 마주 보며 밥을 먹을 수 있었다. 그곳에 있는 것만으로도 신의 보살핌을 받는 듯했다.

"여기서 뭘 하는데요?" 호텔 주인이 물었다.
"탱화를 그릴 거예요."

다음날 작업실로 올라갔다. 서너 평 남짓 되어 보

이는 작은 화실에는 방석 하나와 캔버스 하나씩을 붙잡고 그림에 열중하는 이들이 있었다. 젊은 여자들은 낯선 우릴 힐끔 보며 까르르 웃었다. 아무래도 남편의 긴 머리가 우스운 모양이었다. 스승님인 찬드라는 채색을 한번 해 보라며 우리에게 허접한 A4 종이 한 장을 내밀었다. 탱화의 도안이 인쇄된 종이를 나무판에 고정하고 색을 칠하기 시작했다. 컬러링 북과 비슷했는데, 사용해야 하는 색깔이 정해져 있어 찬드라에게 끊임없이 질문해야 했다. 얇은 붓으로 도안 속의 산스크리트어, 사원, 파도를 차례대로 채워 나갔다. 우리 뒤에 앉은 학생들과 찬드라의 부인 뭉아는 길상이와 나를 번갈아 곁눈질하며 키득거린다. 영어가 전혀 통하지 않았지만, 손짓과 발짓으로 대충 그 말들을 이해했다. 수업을 마치자마자 동네 기념품 가게에서 네팔어를 배울 수 있는 작은 책을 한 권 샀다. 이곳이 아니면 써먹을 일이 전혀 없지만 화실 사람들과 더 많은 이야기를 할 수 있을 것 같았다.

아침은 동네 식당에서 달바트를 먹었다. 둥근 쟁반에 쌀밥과 반찬 서너까지가 있다. 반찬은 무한리필이었으니 딱 내 취향이었다. 손으로 쌀밥과 채소 반찬을 야무지게 섞어 입안으로 쏙 집어넣었다. 진정한 손맛이었다. 남편은 음식을 손으로 먹는 내 모습이 불결하다고 몸서리를 쳤다. 사랑하는 아내지만 이 모습은 받아들일 수 없다고 했다. 그는 포크로 먹는 쵸민볶음면만 시켰다. 나는 이곳의 문화를 완벽히 즐기는 중이었는데, 그런 나를 불결하다고 생각하다니. 나 역시 쵸민만 먹는 남편이 이해되지 않았다. 낯선 곳에서 남편의 모습은 더욱더 낯설었다. 초등학교 동창이었던 우리는 서로에게 새로울 것이 거의 없었는데 오늘처럼 낯선 곳에선 상대방의 모르는 면이 튀어나오곤 했었다.

날마다 탱화를 그리러 시간 맞춰 학교를 갔다. 오전 10시부터 오후 4시까지는 화실에 꼼짝없이 갇혀 있었다. 사흘 동안 부지런히 채색하고 나니 종이 한 장이 겨우 다 완성되었다. "에라이 람로!"very good! 화실 식구들은 우리의 컬러링을 보며 칭찬을 아끼지 않았다. "다드두쿄허리 아파, 길상 나 람로?"길상이 그림은 안 좋지? 네팔어로 허리 아프다는 엄살을 피우며 길상이 그림을 조금 흉보자 화실 안의 여자들은 자지러지게 웃었다. 작은 책자의 네팔어가 통하긴 통했다. 몇 년째 같은 자세를 하고 그림을 그리는 본인들이 얼마나 고된지 아냐는 듯 허리와 팔다리를 가리키며 힘든 표정을 지었다. 그리고는 머리카락이 긴 길상이가 머리를 매만지는 흉내를 내며 놀리기도 했다. 조용하던 화실도 쉬는 시간이 되면 웃음소리로 가득 메워졌다. 학창 시절의 여고로 돌아온 기분이었다. 하루 7시간, 그림을 그리며 함께 있다 보니 남편 자랑, 자식 자랑, 동네 사촌 소식, 할머니 생일 잔치까지 공유하는 사이가 되어갔다.

찬드라는 이제 우리도 탱화를 그릴 준비가 되었다고 말했다. 그는 무명천에 정성스레 밀가루 풀을 먹이고 말린 다음 캔버스를 하나 만들어 줬다. 비단처럼 부드러운 촉감이 손끝으로 느껴졌다. 평소 쓰던 똑같은 붓과 물감이었는데 캔버스 위에서 미끄러지듯 흐르며 색이 칠해졌다. 완전히 다른 세상이었다.

"람로람로! 에라이 람로!"좋다좋다! 종이 너무 좋다!

스승님이 그려준 도안 위에 진짜 탱화를 그리기 시작했다. 정해진 색으로 글자와 선을 채워나갔다. 몇 날며칠, 반복되는 작업이 이어졌다. 비슷한 일과를 보내는 우리와 달리 마은 떠들썩한 분위기가 감돌았다. 사원에 모셔져 있던 신들은 가마를 타고 밖으로 나왔다. 마을 사람들은 새벽마다 사원 주위에 제물을 바치고 알록달록한 염료를 뿌렸다. 북과 캐스터네츠가 어우러진 음악 소리는 축제 분위기를 더했다. 4월은 네팔의 달력으로 1월이었다. 새해를 기념하는 축제가 몇 백 년간 이어져 오고 있었는데 이 풍습을 21세기에도 한결같이 지키는 사람들이 대단해 보였다. 조용하던 마을은 관광객으로 북적였다. 학교로 가는 짧은 길도 인파를 뚫고 지나야 했다. 도자기 광장은 평소보다 소란스러웠지만 우리 화실은 변함없었다. 가끔 들리는 사람들의 환호성에 창문을 열어 빼꼼히 구경했다. 그러거나 말거나 나는 차분히 앉아 탱화를 그려나갔다. 그런데 어느 날부터 옆자리 아살리가 보이지 않았다. 궁금증을 참다가 선생님에게 물었다.

"아살리는 왜 요즘 안 나와요?"
"남편이랑 아이들을 데리고 카타르로 떠났어요."

네팔에서 최고의 직업은 해외로 나가 외화를 버는 것이었다. 한국이나 일본은 언어 시험이 있어 가기 어려운 나라지만, 카타르나 중동의 부유국들은 시험 없이도 비자 문제만 해결되면 갈 수 있었다. 화실 사람들은 우리가 한국에서 버는 연봉을 몇 번이고 물어봤다. 그리고 해외에서 일을 하다 돌아온 친구들이 얼마나 부자가 되었는지 얘기를 늘어놓으며 부러움을 감추지 않았다. 한국에서 네팔로 온 우리는 탱화를 그리겠다며 낑낑댔지만 이들 눈에는 복에 겨운 한국인들로만 보였을 것이다.

"람로람로! 에라이 람로!"

신과 함께 있을
그대에게

탱화를 그리는 것은 창작과는 거리가 멀었다. 정해져 있는 도안을 정해진 색깔로 메워나가는 작업의 반복이었다. 예술가의 삶은 우리가 넘볼 수 없는 일이 확실했다. 대체 이 작업은 언제쯤 끝날 수 있을까? 채색은 연습 없이 캔버스에 바로 할 수 있었던 반면, 패턴 작업은 연습장에 빼곡히 연습한 뒤 찬드라의 허락이 떨어지길 기다렸다. 하루 종일 똑같은 패턴만 연습하는 날도 있었다. "이 정도면 캔버스에 그려도 되겠어요." 그의 말이 떨어지면 한 땀씩 도안을 그려 나갔다. 파도와 불꽃, 가부좌를 튼 사람의 모습, 점으로 이어진 장식들. 하나의 패턴이 끝나면 또 다른 패턴을 연습했다. 탱화는 불교에서 말하는 윤회를 그대로 보여줬다. 네 면의 공간은 계속해서 반복되었고 중심과 가까워지면서 다른 문양으로 채워졌다. 찬드라가 말하길 탱화를 그린다는 것은 명상과 같다고 했다. 그런데 반복되는 패턴 작업은 우리를 무아지경으로 인도하긴커녕 다리가 저리고 허리가 아팠다. 나는 명상 대신 엄마 생각에 빠졌다. 보고 싶은 엄마.

20살이 되던 해 엄마는 췌장암 진단을 받았다. 그 누구도 '엄마'가 아플 것으로 생각하기 힘들 것이다.

엄마는 늘 강하고 답이 있는 사람이기 때문이다. 나의 그녀도 그랬다. 밀양에서 서울로 혼자 항암치료를 받으러 다닐 만큼 병 앞에서도 씩씩했다. 우리 가족은 그 모습을 걱정하는 대신 안도하고 있었다. 순진하게도 곧 나아질 거라는 동화 같은 해피엔딩만 기대하고 있었다. 하지만 잘라냈던 암은 순식간에 다른 곳으로 번져 손쓸 새도 없이 엄마의 모든 살을 갉아먹었다. 하루하루 까맣게 변하는 엄마의 피부는 마른 나뭇가지 같은 모습이었다. 우리 가족은 그 모습을 마주할 용기도, 죽음을 사실로 받아들일 준비도 없었다.

사람들은 건강을 잃자마자 그간 하지 못했던 것에 대해 후회하곤 한다. 엄마 역시 가족과 보내는 시간보다 밥벌이를 중요하게 생각했던 것이 내내 마음의 큰 짐이자 후회였다. 어린 내 인생의 중요한 순간에 엄마 아빠는 늘 없었다. 운동회, 졸업식, 수능을 치던 날, 대학에 가던 날도 엄마와 아빠는 꽃집을 지켰다. 꽃은 사람 인생의 처음과 끝을 함께하는 일이다. 일 년 내내 이어지는 행사와 축하들 또 결혼식과 장례식까지. 그것을 업으로 삼는 사람은 쉬는 날도 없었다. 돈을 벌수록 가족은 더 멀어져야 했다.

나는 휴학을 하고 1년 동안 엄마가 서서히 변해가는 모습을 지켜봤다. 소화가 되지 않으니 먹은 음식은 토해냈고, 통증으로 잠드는 일은 점점 힘들어졌다. 매일 새벽, 몇 번씩 잠에서 깨 아픈 등을 두드려 달라고 했다. 십 분, 삼십 분, 한 시간. 통증을 느끼는 시간은 늘어나기만 했다. 팔다리는 가늘어져 일어서는 것이 고역이었고 그런 모습을 가족이 아닌 누군가에게 들킬까 숨어 지냈다. 고통 속에서 괴로워하며 후회로 남은 날들을 보냈다. 병세가 깊어질 무렵, 엄마는 뼈가 앙상하게 드러난 얼굴로 병실에 누워 복도를 떠다니는 사람들의 웃음소리마저 부러워했다. "저렇게 웃을 만큼 무슨 즐거운 일이 있을까?" 죽음을 앞둔 그녀에게는 웃을 일도, 웃을 힘도 남아있지 않았다.

　"여행을 다니고 싶었는데, 너희랑 더 많은 시간을 보내고 싶었는데. 그때는 돈이면 다 되는 줄 알았어. 사랑은 못 주고 돈만 줬는데도 너희는 저절로 커지더라고, 그게 신기하면서도 맞는 줄 알았어. 엄마가 죽으면 여행 다닐 수 있게 흐르는 물에다 뿌려줘야 해. 가고 싶은 곳이 많거든… 넌 많이 웃고 자유롭게 살아." 엄마의 유언이었다. 의식을 잃기 전에 했던 대화가 유언이 될 줄 그때는 몰랐다.

탱화를 그리고 있으면 엄마 생각이 제일 많이 났다. 내가 신을 가까이하고 있다는 상상을 하니 신과 함께 있을 엄마가 자연스레 떠올랐는지도 모르겠다. 물감이 묻은 붓을 잡으며 탱화에 몰입할수록 세상 먼 곳까지 여행을 하고 싶었던 엄마와 붓을 맞잡고 있다는 느낌이 들었다. 내가 이곳에 있다는 건 엄마도 네팔에 있다는 것이었다. 물은 세상 어디든 흐를 수 있었고 하늘을 떠다니다 다시 땅으로 오게 되니 박타푸르도 예외는 아니었다. 그러다 보면 나도 모르게 캔버스 사이로 눈물이 흐르기도 했다.

죽음은 삶을 빛나게 한다. 사람이 죽지 않는다면 시간의 소중함도 사랑하는 사람에 대한 애틋함도 없을 것이다. 엄마의 죽음, 10년 뒤 또 아빠의 죽음. 어렸을 적 기억으로 둘은 참 많이 싸웠다. 하지만 엄마가 죽은 뒤 아빠는 엄마를 그리워하며 10년을 술과 함께 더 살았다. 두 사람의 부재는 나를 외롭게 했다. 제일 외로운 순간은 궁금한 것을 물어볼 곳이 없을 때였다. 사회에 나와 질문할 것은 너무 많은데 답을 줄 어른이 없다고 생각하는 순간 외로움이 밀려왔다. 부모의 죽음은 그런 것이었다.

하지만 두 사람의 부재는 몸소 남긴 큰 가르침이기도 했다. 내가 살고 있는 삶이 얼마나 빛나고 감사한 것인지를 어린 나이에 깨닫게 했다. 건강하게 살 수 있는 시간은 생각보다 너무 짧고, 사랑하는 사람과 함께할 시간은 더 짧다는 것이다. 죽고 난 뒤가 아니라 함께 살면서 그리워하고 서로에게 따듯한 사람이어야 한다. 우린 더 많이 웃을 일을 만들어 내야하며 사랑한다고 말해야 한다. 타인에게 친절을 베풀고 스스로에겐 쉴 시간을 줘야 한다. 그것이 내가 할 수 있는 전부였다. 그것뿐이었다.

패턴을 그려 넣는 작업도 끝나고 셰딩 작업이 남았다. 탱화의 중심에서 멀어질수록 짙어지는 배경색을 표현해야 한다. 나는 부를 상징하는 주황색을, 길상이는 건강을 뜻하는 파란색을 택했다. 우리가 그린 탱화의 디자인은 같았는데 배경색이 달라지면서 완전히 다른 느낌으로 보였다. 우리에게 가장 어려운 단계가 남은 것이다. 실력이 적나라하게 드러났다. 탱화의 그림들은 자세히 보지 않으면 다른 그림들과 거의 차이가 없었는데 이 작업 때문에 초보자가 막 그린 탱화라는 것이 티가 났다. 뭉아는 붓 선은커녕 자국도 남지 않았는데 내 그림에는 날카로운 붓 선이 그대로 남아있었다. 하지만 화실 사람들의 몇 십 년 경력과 우리 실력을 같이 놓고 볼 일이 아니었다. 완벽하진 않았지만 나는 내 그림이 꽤 그럴듯해 보였다. 탱화 안에 어떤 마음이 담겨 있는지, 그 가치와 노고를 나만은 다 알고 있었다.

이제 거의 막바지 작업만 남았다. 찬드라는 가장 작고 복잡한 동식물을 네 귀퉁이 사원 안에 넣어 줬다. 머리카락같이 얇은 붓을 들고 점을 찍고 소와 말을 거침없이 그려 넣었다. 30년의 세월이 담긴 손놀림이었다. 마지막 붓질과 함께 난 참고 있던 숨을 내쉬며 탄성이 나왔다. "찬드라, 에라이 람로!"very good! 한 달 만에 우리 부부는 각자의 완성된 탱화를 받아 들었다. 마음에 들었다. 스승님인 찬드라가 없었다면 탱화를 끝까지 그릴 엄두를 못 냈을 것이다. 이 오래된 도시에서 탱화 학교라니. 탱화 한 점을 손에 들고 학교를 졸업했다. 작은 파티션 칸막이를 떠나 예술가로 살아볼 수 있는 내 인생이 탱화의 색만큼이나 다채롭다는 생각이 들었다. 화실 사람들과 함께 한 좁은 방을 나와 나탸폴라 사원과도 작별 인사를 했다.

**책에 나오지 않는
어떤 것**

각자의 집으로 탱화를 보냈다. 길상이는 어머님에게, 나는 오빠에게. 가족들은 그 멀고 먼 나라들을 떠돌아다니며 돈 쓰고 고생까지 하는 우리를 이해하기 힘들어했다. 남의 나라에서 고생하는 건 맞는 말이었다. 한국에서는 불편함을 찾아내는 것이 힘들었다. 이렇게 좋은 나라를 떠나와서 왜 떠돌아다니는 것일까? 편리하다는 것은 정말 좋은 걸일까? 우리는 편리함과 전문가가 넘치는 시대에 살고 있었다. 바느질은 수선 집에 맡기고, 요리는 간편식을 먹고, 집안일은 기계가 하면 된다. 사람에게 필요한 건 그걸 할 수 있는 능력이 아니라 살 수 있는 능력이었다. 그러니 우리는 어느 정도 바보가 되어도 상관없었다. 하지만 세상의 많은 곳은 아직 편리함보다 사람이 할 수 있는 능력에 가치를 두고 있었다. 나는 여행을 하면서 내가 얼마나 많은 일을 할 수 있는 사람인지 확인해 나가고 있었다.

포카라에 왔다. 네팔에 왔으니, 산을 안 가볼 수 없었다. 우리 여행의 목적지는 가끔 사진 한 장으로, 혹은 누군가의 말 한마디로 시작되기도 했다. 인도에서 만난 일본인 다카시는 무스탕을 찾아 네팔로 가는 중이라고 했다. 그와 일주일 정도 동행을 하며 함께 머문 숙소에는 마침 무스탕의 사진이 아주 크게 걸려있었다. 처음 들어본 '무스탕'이라는 여행지는 내내 마음속에 있었다. 1992년에 처음으로 개방된 무스탕 고원은 안나푸르나의 뒤편, 중국과 네팔의 경계에 있었다. 1년 중 6개월만 개방되는 곳이라 그곳을 갈 수 있는 기회 자체가 흔치 않았다. 이곳으로 들어가는 허가를 받기 위해 포카라에 도착하자마자 관공서로 갔다.

"무스탕에 갈 허가를 받고 싶어요."
"신청서 작성하시고 1인당 600불, 가이드 정보도 필요합니다."

청천벽력 같은 소식이었다. 그 많은 돈을 내야 무스탕에 갈 수 있다니. 나와 길상이, 가이드까지 모피 한 벌씩 해 입을 돈이 필요한 줄은 몰랐다. 그 이름값을 톡톡히 했다. 게스트 하우스 주인은 시무룩하게 돌아온 우리를 보더니 묘안을 제시했다. 좀솜-까그베니-묵티나트로 이어지는 안나푸르나의 둘레길은 무스탕을 경계로 하는 곳인데 평지가 대부분인 길이라 트레킹을 하기도 쉬울 것이고, 당일치기로 무스탕 지역을 다녀올 수 있을 것이라 알려줬다.

"그래, 모피는 잠깐 입어만 보면 되지."

　포기가 빠른 대신 행동은 더 빨랐다. 포카라에서 버스를 타고 좀솜까지 15시간을 달렸다. 삐거대는 낡은 버스는 산을 오르고 자갈로 된 강도 건넜다. 험한 길에 온몸이 들썩이며 흔들렸다. 해 질 무렵, 좀솜에 도착했다. 사방은 하얀 만년설로 덮인 우뚝 솟은 산들로 둘러싸여 있었다. '이곳이 히말라야구나.'

　하루 10~20킬로, 돌밖에 없는 언덕을 넘고 또 넘었다. 황량한 계곡에는 거센 바람이 휘몰아쳤다. 사람들은 이 척박하고 메마른 곳에서 땅을 일구어 보리농사를 짓고 있었다. 연둣빛으로 일렁이는 곡식들은 무채색의 높은 언덕과 대조되어 더 아름답게 보였다. 불교사원인 곰파에서 기도 소리가 흘러나왔다. 길을 걷는 내내 많은 여행자를 지나쳤다. 걷는 사람, 오토바이나 자전거를 타고 가는 사람. 저마다 혼자만의 시간을 고독하게 즐기고 있었다. 나도 길상이와 함께 걷고 있었지만 우리는 각자의 시간을 떠다녔다. 아무리 생각하려 해도 가물가물하던 옛일들도 꺼내졌다. 잊고 싶은 기억도 방금 일어난 일처럼 튀어나왔다. 과거의 추억과 망상들을 머릿속에 뒤섞은 채 울퉁불퉁한 걸었다.

아빠는 여행을 좋아하던 사람이었다. 책장에는 인도와 네팔, 티베트에 관한 여행 책이 가득했다. 이곳에서 어떤 걸 보고 싶으셨을까? 내가 막상 아빠의 꿈이었던 곳에 오니 그가 무엇을 궁금해 했던 것인지 나도 궁금해졌다. 청보리 푸른색의 아름다움, 바람에 펄럭이는 오색 깃발, 느릿느릿 염소를 치는 목동, 계곡을 타고 흐르는 바람 소리, 불경을 외는 단조롭고 나지막한 소리, 아낙네들의 베 짜는 소리, 스님의 푸자제사 소리, 나귀의 목에 걸린 방울 소리. 이런 것들은 책을 아무리 봐도 알 수 없었을 텐데. 언젠가 여행해 보고 싶다는 꿈을 책으로만 대신하고 돌아가신 아빠가 안타까운 생각이 들었다. '이 좋은걸, 아름다운걸, 직접 눈으로 보고 들었다면 얼마나 좋았을까?'

이따금 강을 건너는 구간이 나올 때마다 길상이는 암모나이트를 찾겠다고 바닥을 뒤적였다. 한때는 바다였던 히말라야가 융기하면서 가지고 온 바다의 기억이었다. 암모나이트를 찾는 사람들은 하나같이 아주 느린 속도로 땅을 헤치며 걸었다. 길상이도 암모나이트 등짝 정도가 얇게 찍힌 돌멩이 하나를 찾아내고는 그것을 어루만지더니 보물처럼 배낭 속에 넣었다. 그 모습이 어린 소년 같아서 나도 모르게 흐뭇하게 지켜봤다.

우리가 제일 좋아했던 마을은 '종'이었다. 종은 트레킹의 거의 마지막 구간이자 반환점이었는데 이곳에서 소남 아줌마를 만났다. 숙소 주인인 소남은 수더분한 미소로 우리에게 맛깔 난 음식을 만들어 줬다. 정갈한 주방에서 달바트나 달걀, 감자를 삶아 내어 줬는데 달그락 소리를 내던 부엌만 보고 있어도 기분이 좋았다. 큰 수납장에 모든 세간 살림이 깨끗하게 잘 정돈되어 있었는데 가지고 있는 그릇 종류가 훤히 다 보였다. 요리할 때마다 장을 열고 그것을 하나씩 꺼내 썼다. 우리는 그녀의 부엌에 쪼그리고 앉아 그녀의 동선을 따라 눈을 굴렸다. 낮에는 베를 짜고 끼니때가 되면 우리의 밥을 챙겨줬다. 저녁이면 양을 치고 돌아온 남편을 돌봐줬다. 나는 그녀가 왠지 수행자처럼 느껴졌다. 돌과 바람만 가득한 언덕에서 이곳을 찾는 모든 사람을 돌보고 있었다. 긴 여행하는 이유에 대해 생각해 봤다. 나는 스스로를 소남과 같은 수행자라고 생각했다.

세계여행은 절대 편하거나, 낭만적이거나, 즐거운 일의 연속은 아니었다. 어떤 것을 기대하고 떠나왔는지 모르겠다. 목적지에서 느낄 잠깐의 기쁜 순간들을 위해 몇 시간이고 걷고, 움직이는 것까진 생각하지 않았다. 심지어 목적지에 도착했는데 별것이 없을 때도 있었다. 신경 쓸 일은 좀 많은가. 비자를 받고, 매일 뭘 먹고 어디서 자야 할지 고민했다. 우리는 낯선 자연과 문화를 구경한다 했지만, 오히려 이방에서 바보가 된 나 역시 구경거리가 되기도 했다. 목적지를 향해 모든 불편함과 낯섦을 감수하고 길 위에 서서 앞으로 나가야 했다. 맞닥뜨리는 문제들이나 고난들을 뛰어넘을 때, 갖가지 모양으로 사는 사람들을 만날 때, 나는 계속 배우고 있다고 느꼈다. 책으로는 절대 배울 수 없는 것이었다. 그리고 나는 이 불편함과 고행을 업으로 삼는 여행자이자 수행자가 되는 것이 즐거웠다. 매일 깨어 있었다. 집을 떠나 길 위로, 그리고 다시 집으로. 우리는 무한히 반복되는 이 과정으로 내가 스스로 오롯이 살 기회를 주고 있다고 생각했다. 뭐든 결정할 수 있고, 시도해 볼 수 있었다. 어디로든 갈 수 있었고, 무엇이든 할 수 있었다. 살면서 이런 생각을 처음 해봤다. 세상이 다 열려 있으니 할 수 있는 생각이었다. 히말라야 언덕마다 쌓인 돌무더기를 보며 나는 남편과 여행이 끝나시 않고 계속 되기를 기도했디.

네번째 직장, 이집트 다합

길상이의 재발견

친구 길상이
바이바이
두바이

결혼을 앞둔 예비부부라면 최소 한 달 동안 낯선 곳으로 길게 떠나보라고 말하고 싶다. 그곳에서 상대방의 참모습이 나타나기 때문이다. 여행을 시작하고 우린 매주, 매일 아주 사소한 것들로 말다툼을 했다. 싸움의 이유를 몇 가지 늘자면 첫째, 길상이는 영어로 말하고 싶어 하지 않았다. 남편은 해외여행을 하면 아무런 노력 없이도 자연스레 언어가 '일취월장'할 것이라고 착각을 했다. 하지만 누구나 알고 있듯 노력과 시간 투자 없이 얻어지는 것은 없다. 길상이도 이 사실을 알고 있긴 했다. 나는 입과 귀 역할을 했고, 남편은 지도를 보고 길을 찾는 눈 역할을 주로 맡았다. 하지만 길을 찾는 과정에서도 현지 사정과 길이 맞지 않을 때는 질문을 해야 하는 상황이 오고 만다. 그럴 때조차도 남편은 입을 꾹 다물고 핸드폰만 보며 고개를 갸우뚱거렸다. 답답한 나는 남편을 다그쳤고 결국 말다툼으로 이어지게 되었다.

1년이 지났을 무렵, 길상이도 이제 차표를 끊거나 길을 물어볼 수 있을 정도로 영어가 트였지만 듣는 것은 여전히 힘들어했다. 공부를 하지 않으니 당연한 결과라고 말했지만 이 인간은 오히려 "난 지금 이 정도

실력이면 충분하다 생각하는데?"라며 뻔뻔함과 자기애로 사람 속을 뒤집어 놓았다. 사람의 재능이 100으로 이루어져 있다면 나는 언어에 80 정도를 할당 받았다. 중국어 통역을 전공하기도 했고, 여행 중 필요에 의해 영어가 느는 것도 좋았다. 새로운 곳에서 '좋다', '아니', '맛있다', '고맙다',' 안녕' 정도의 말을 외워 현지인과 소통을 했다. 그에 반해 남편은 뇌 구조에서 언어 기능은 100중 5 정도라고 해야 할까. 같은 말을 백 번 들어도 입으로 내뱉질 않으니 언어의 종류를 불문하고 말하는 건 불가능했다. 반대로 남편은 분석하거나 파헤치고 꼼꼼히 따져보는 능력이 90을 차지했다. 그것은 내가 못 하는 일 중 하나였다. 우린 톱니바퀴처럼 잘하고 못하는 것이 분명했는데 이것이 싸움의 이유가 되기도 했다.

싸움의 두 번째 이유는 여행의 만족이었다. 2년간 여행을 하다보면 어느새 여행의 설렘보다는 목적지와 숙소 찾는 일을 기계적으로 하게 되었다. 엄청나게 충격적인 풍경이 아니면 느끼는 감동의 크기도 줄어들었다. 여행도 직장인과 같은 매너리즘이 찾아온다. 여행을 주도적으로 계획하는 것은 대부분 나였고, 그에게 가끔 의문이 들었다. 길상이는 자신이 원하는 여행을 하고 있을까? 돈과 시간을 써가며 모험하는 중이었는데 그가 정말 원하고 있는 것을 하는지 늘 궁금했다. 난 거기에 대해 더 많은 이야기를 듣길 원했지만, 그는 늘 '그렇다'라고 단답형으로만 얘기했다. 또 속이 뒤집어지고 답답했다. 이런저런 이유로 나는 가끔 남편을 쥐 잡듯이 잡았다. 말이 없는 남편의 성격이 좋다고 결혼했는데 이젠 말이 없다고 복장 터져 하는 내 모습을 보는 것도 고역이었다. 나는 왜 이 모양일까?

길상이는 가고 싶은 곳이나 하고 싶은 것이 나보다는 적었다. 심지어는 주로 집에서 쉬고 싶어 했다. 세계여행을 갔는데 숙소에서 쉬고 싶다니. 돌아다니고 싶어 죽겠다는 나와는 달리 길상이는 여행도 주 5일제를 추구했다. 여행 기간이 길어질수록 길상이는 쉬고 싶은 날이 더 많아졌는데 난 길상이를 이해할 수 없었다. 저 자식은 왜 저 모양일까?

이혼의 위기가 없었던 것도 아니었다. 유럽에서 아프리카로 가는 길, 우린 잠시 두바이에서 10시간을 경유했다. 잠깐이라도 공항 밖으로 나가 랜드마크인 부르즈 할리파를 보고 싶은 나와는 달리 길상이는 시간이 부족하니 위험을 감수하지 않겠다고 했다.

"10시간이나 남았는데 잠깐 나갔다 오자."

"갔다가 돌아오기엔 시간이 빠듯해, 그냥 공항에 있자. 그게 안전하잖아."

"10시간 동안? 트램 타고 갔다 오면 금방이라고!"

"가서 뭐 하려고?"

"아니, 부르즈 할리파를 보고 싶다니까?!"

우리의 대화는 돌고 돌았다. 길상이는 무슨 일이든 걱정이 먼저였다. 내 고집으로 겨우겨우 부르즈 할리파에 도착했다. 몇 시간은 놀고 들어가도 충분한 시간이었다. "이제 가자. 볼 것도 없네." 도착하자마자 시계를 보며 재촉하는 그 한마디에 나는 더 이상 참을 수가 없었다. 뚜껑이 열려서 200미터 상공으로 날아갔다.

"너나 한국으로 가. 난 이제 너랑 여행 안 해. 너 혼자 한국 가서 잘 먹고 잘 살아라."

싸움은 극으로 치달았고 도저히 이 자식과 더 이상 여행할 수 없겠다는 생각이 들었다. 두바이는 바이바이두바이었다. 우리는 서로 각자 길을 가기로 했다. 나는 씩씩대며 돌아섰다. 한참을 걷다가 뒤를 돌아봤다. 이쯤이면 길상이가 잘못했다고 빌면서 나를 잡아야 하는데 감감무소식이었다. '왜 안 잡지? 저 자식이 진짜 이혼하려고 하나?' 두바이에서의 이혼은 세계여행 계획에 없었는데, 돌싱이라니. 눈물이 쏟아졌다.

"야!! 너 왜 나 안 잡냐?!"
"내가 널 불행하게 하는 것 같아서."

그 말에 나는 더 울음이 터졌다. 벌건 대낮의 두바이 길바닥에서 우린 부둥켜안고 울었다. 출입국 도장 대신 이혼 도장이 찍힐 뻔한 위기를 간신히 넘겼다. 내가 길상이를 좋아했던 이유는 호수 같은 사람이었기 때문이다. 큰 파도가 치는 바다가 아니라 잔잔한 물결이 이는 사람. 그의 그런 평온함과 선함, 안전함이 나를 편안하게 해주었다. 내 주위 사람들은 길상이의 그런 면을 '답답하다'라거나 '소심하다'로 평가하기도 했지만, 나는 그런 길상이가 좋았다. 그의 장점이 단점으로 변하기도 한다는 걸 여행을 통해 선명하게 봤을 뿐이었다. 확실한 표현을 하지 않는 그를 향해 나는 매번 물어

확인하고 싶었다. 모든 것을 잔잔한 호수처럼 만족하는 길상이는 정말 행복한 여행을 하고 있을까? 언제나 빈 칸으로 남아있었던 질문은 이집트 다합에 도착하고 나서 조금씩 채워졌다. 호수 같은 그의 안에서 바다를 발견한 것이다.

"야!!! 너 왜 나 안 잡냐?!!"
"내가 널 불행하게 하는 것 같아서."

바다의 남자

여행을 시작한 지 1년 6개월이 넘었다. 우리 부부에게 휴식이 필요한 시점이었다. 다이빙을 위한 곳, 시나이반도의 구석, 홍해를 바라보는 작은 마을, 이집트 다합에 가기로 했다. 사람들은 여기를 다이빙의 성지로 불렀다. 산소통을 매고 물속을 유영하는 스쿠버 다이빙부터 자신의 호흡만으로 수심을 내려가는 프리다이빙까지, 다합은 다이빙을 하기 위해 존재하는 마을이라 해도 과언이 아니었다.

프리다이빙을 배우기 위해 아지트 다이빙센터를 찾았다. 새로운 것을 시작하는 일은 늘 설렌다. 프리다이빙의 관건은 이퀄라이징이었다. 바다 아래로 내려갈수록 높아지는 수압때문에 귀가 아파온다. 통증이 있기 전 고막에 공기를 채워 압력 평형이 맞추는 훈련을 통해 다이버들은 더 깊이 다이빙할 수 있게 된다. 프리다이빙에도 여러 종목이 있다. 줄을 잡고 내려가는 종목(FIM), 줄을 잡지 않은 채 수직으로 내려가는 종목(CWT), 숨을 참는 종목(STA) 등등. 현재 CWT의 세계 신기록은 130미터2023년 기준이다. 사람의 몸은 상상을 초월한다. 어떻게 숨 한 번을 마시고 수심 130미터를 내려갈 수 있다는 것인지! 아파트 한 층을 2.8 미터로 계산한다면 약 46층 정도 높이의 건물까지 숨을 참고 수직으로 왕복하는 것이다. 말도 안 돼!

다행히 내가 목표하는 아이다2 과정은 16미터만 갔다 오면 자격증이 나온다. 세계 신기록을 운운하다가 16미터를 생각하니 그쯤이야 싶다. 바다에서 직접 그 깊이를 내려다보기 전까지 큰소리를 쳤다. 나는 아이다2 과정을 가뿐하게 딸 수 있다고 자신만만했지만, 현실은 달랐다. 아찔하게 깊은 바다를 보고 있으면 16미터는 커녕 5미터도 겨우 내려갔다. 반면에 길상이는 완전 체질이었다. 차분히 두 다리를 교차하며 아득한 바다 아래로 더 깊이 내려 내려갔다. 몸치인 남편이 이렇게 운동을 잘하기는 처음이라 바다 안에서도 입이 떡 벌어졌다. 호수 같은 남자는 사실 바다의 남자였던 것이다.

"나 프리다이빙 강사과정까지 하고 싶어."

길상이는 프리다이빙에 빠져들고 있었다. 이 운동은 명상을 통한 마인드 컨트롤이 중요했는데 그는 삶 자체가 명상처럼 고요한 사람이니 잘할 수밖에 없었다. 남편은 인생 운동을 찾은 것이다. 한 달만 쉬었다 가려고 온 곳인데 이제는 강사과정까지 해보겠다고 선언했다. 그러려면 최소 두 달은 다합에 살아야 한다는 말이었다. 하고 싶은 게 별로 없던 남자가 뭔가를 하겠다고 진지해지면 그걸 하게 돼야 했다. 이 말은 너무 진심이었기 때문에 말릴 방도가 없었다. 다이빙 얘기를 하며 들뜬 길상이의 모습은 새로웠다. 여행의 슬럼프인가 생각할 때쯤, 남편은 다이빙을 배운 뒤 다시 생기를 찾아가고 있었다.

우린 이 멋진 바닷가 마을에서 조금 오래 지낼 계획을 했다. 바다 근처로 지낼 집들을 몇 군데 알아보았다. 집들은 하나 같이 미완성된 것 같은 모습을 하고 있었는데 내부는 꽤 깔끔했다. 나중에 알고 보니 집을 완성하면 세금을 더 내야 해서 외부는 미완성인 채로 살고 있다 했다. 여섯 일곱 군데의 집을 봤는데 모두 해가 잘 들어오지 않았다. 한국에서 내가 집을 고르는 기준은 '해가 들어오는 밝은 집'이었다. 부동산 중개업자인 오스만에게 말했다.

"몇 군데 집은 너무 마음에 드는데 해가 안 들어오

네요. 해가 잘 드는 집은 없나요?" 아저씨는 이해할 수 없다는 표정으로 "집에 해가 들어오면 덥잖아요. 해는 늘 밖에 있어야 해요. 해가 집안에 들어오면 안 돼요." 고개를 절레절레 흔들며 해는 밖에 있다고 당연한 소리를 하는 오스만 아저씨와 더 실랑이한다고 집이 바뀔 리는 없었다. 결국 바닷가에서 제일 가까운 미완성의 집을 계약했다. 그리고 나는 곧 그의 말을 100% 이해하게 되었다. 5월이 넘어가자, 날씨는 점점 더워졌다. 에어컨 없이는 생활할 수 없을 정도였다. 다행히 해가 들지 않는 집 안은 바깥에 비해서는 서늘했지만 그래도 땀이 줄줄 흘렀다. 해는 밖에 있어야 한다는 오스만의 말은 놀랄 만큼 정확했다. 외국인들이 사는 집들은 쉴 새 없이 에어컨 실외기가 돌아갔다. 이곳 사람들은 에어컨 없이도 긴소매 옷을 입고 잘 지냈다. 현지인들이 사는 집은 지붕도 없이 나무를 대충 얼기설기 엮은 것이 다였는데 사막 생활에 익숙한 베두인 유목민족의 생활 습관이었다. 어차피 비 오는 일은 거의 없는 시나이반도였으니, 지붕이 꼭 막혀 있을 필요는 없었다.

길상이는 하루도 쉬지 않고 바다로 나갔다. 바다에

서 돌아올 때마다 새로운 기록을 하나씩 들고 왔다. 16
미터를 지나 23미터를 갔다 오더니 30미터까지 맨몸
으로 다이빙을 했다고 자랑했다. 다합에서 이런 재능
을 발견할 줄은 상상도 못 했다. 아마 여행하지 않았다
면 평생 몰랐을 길상이의 능력이었다. 숨 참기 시험에
서는 4분을 참아냈다고도 했다. 몇 주만 이제 나와는
비교도 안 될 만큼 엄청난 다이버로 성장해 있었다. 길
상이의 능력이 부럽긴 했지만, 나는 10미터 근방을 내
려가는 것만으로도 충분히 만족했다. 산호 벽을 따라,
물고기 떼 사이를 가르며 바다 아래를 헤엄치는 것에
도 나는 행복했다. 바닷속 새로운 세상, 홍해의 푸른 빛
이 열린 것이다.

　나는 길상이가 집에 없는 동안 시골 마을에서 혼자
뭘 하며 살아야 하나 했지만 한국에서보다 더 많은 요
리를 하고, 책을 보고, 수영을 했다. 내 수영 실력은 점
점 늘었다. 맨몸으로도 바다 멀리까지 갈 수 있었다. 오
리발이 있으면 더 빨리 헤엄칠 수 있었다. 어릴 때부터
이곳에서 자란 베두인족만큼은 아니어도 길상이 못지
않게 나 역시 바다 사람이 되고 가고 있었다. 홍해에서
의 수영은 발리나 몰디브보다 훨씬 더 황홀했다. 바닷

속 산홋빛도 다른 곳과는 비교할 수 없을 정도로 화려
했다. 물 위로는 맞은편 사우디아라비아의 능선이 보
였는데 해 질 녘쯤에는 그 능선 위로 달이 떠올랐다.
파랗던 바다는 한순간에 붉게 물들었다. 말 그대로 홍
해였다. 그 모습을 물에 뜬 채 보고 있노라면 자연이
주는 기쁨에 가슴이 벅차올랐다. 모세는 이집트를 떠
나출애굽 40년 동안 시나이반도 주변을 떠돌았다고 했
다. 모세도 이 풍경을 봤을까? 이곳에서 쉬어 갔을 것
만 같았다. 많은 사람을 이끌고 이 아름다운 곳에서 잠
시라도 쉬었을 것이다. 사우디아라비아를 마주 보며
머리만 빼꼼히 내어놓은 채 수영하고 있으면 그런 생
각이 머리에서 떠나지 않았다.

'내가 홍해에 떠 있다니….'

배낭을 메고 집을 나서고부터 예측할 수 없는 일들
이 이어졌다. 내일은 또 어떤 우리를 발견할까.

"나 프리다이빙 강사과정까지 하고 싶어."

여행,
가끔 천직을
찾기도 하는 것

다합에 온 지 벌써 4개월이 지났다. 두 달 넘게 온종일 다이빙만 한 남편은 진짜 강사가 되었다. 말한 것을 그대로 해내는 남편이 이렇게 대단해 보이기도 처음이었다. 목적을 이루고 다합을 떠나려 하니 대체 이 기술은 언제 어디서 써먹어야 할지 고민이 되었다. 또 다른 한 가지 문제는 물가가 싸기로 유명한 이집트에서 갑작스러운 강사과정으로 많은 돈을 써버렸다는 것이다.

"길상아. 네가 쓴 만큼 채워 넣는 게 어때?"

남편은 이 말을 기다렸다는 듯 다합에서 일해 보겠다고 했다. 나에게 이곳은 여유롭지만 심심하기도 했던 반면 길상이에겐 평생을 살고 싶은 곳이었다. 남편은 함께 다이빙 강사과정을 공부한 범수 오빠와 한 팀이 되어 창업을 결심했다. 머리를 맞대고 멋져 보이는 이름까지 하나 지었다. 'BE WAVE' 진짜 그럴듯해 보였다.

얼른 돈을 벌어오라는 채찍질 외에 내가 할 일은 없었다. 통장 잔액이 떨어진 것을 보고 있으니 불안해졌다. 처음부터 초보 강사에게 프리다이빙을 배울 사람을 찾기란 쉽지 않았다. 나는 할 일이 없으면 할 일을 만들어 내면 된다고 생각했다. 범수 오빠의 부인인 지희 씨와 홍보 전단을 만들어 마을의 길목 곳곳에 붙였다. <물 공포 대환영>이라는 짤막한 한글과 중국어 설명이 담긴 광고를 만들어 사람들이 많이 다니는 큰 길에 세웠다. 물론 그걸 보고 문의하는 사람은 많지 않았지만, 거리를 지날 때마다 보이는 광고판에 스스로 뭔가 했다는 뿌듯함을 느끼는 효과는 있었다.

길상이의 첫 학생은 한국인 부부였다. 이 둘은 광고 그대로 '물 공포' 그 자체라고 해도 과언이 아니었다. 정강이 만큼 찰랑대는 물결에도 사색이 되어 이상한 웃음소리를 냈다. 얕은 물에 들어가는 것 조차도 오랜 마음의 준비가 필요했다. 물과 먼저 익숙해지기 위해 나는 틈만 나면 이 둘과 바다로 나갔다. 얕은 곳에서 시작해 발이 닿지 않는 곳까지 조금씩 수심을 늘려 갔다. 어떤 날은 잘 되는 것 같다가도 갑자기 패닉에 빠져 해안으로 돌아오기를 반복했다. 처음에는 남편의 수강생을 한 명이라도 늘리기 위해 수영 선생님을 자처한 것인데 이제는 내가 욕심이 났다. 오기가 생겼다. 조금만 용기를 내면 깊은 바다를 마주하고도 헤엄을 칠 수 있을 것 같았다. 물 공포가 있는 사람들은 하나같이 갑작스러운 패닉 상태에 빠지는 순간이 있다. 그때 그 순간의 안정만 찾으면 다시 헤엄을 칠 수 있었다. 며칠간의 계속되는 연습 끝에 둘은 바닥이 보이지도 않는 시퍼런 물속에서 멋지게 헤엄을 칠 수 있게 되었다. 이 모습은 걸음마를 뗀 내 새끼를 보는 것과 같은 심정이었다.

사람들이 배우는 속도는 저마다 달랐다. 처음부터 잘하는 사람이 있는가 하면, 물속에 얼굴을 넣기도 힘들어하는 사람들이 있었다. 그 간단한 일이 왜 어렵나 생각할 수도 있겠지만 누구에게나 '처음'은 있는 법이다. 그런데 그 과정을 몇 번, 몇십 번, 몇백 번을 하고 나면 16미터까진 아니라도 몸을 제어해 물속으로 들어가 다이빙을 할 수 있었다. 그 변화를 지켜보는 것은 재밌는 일이었다. 내심 '저 사람은 정말 안되지 않을까?' 생각하기도 했는데 남편의 모든 수강생은 다합을 떠날 때쯤 모두 하나같이 인어 같은 모습을 하고 있었다. 인간이 물고기에서 진화했다는 말을 증명이라도 하듯이 오리발 하나만 있으면 산호 벽을 따라, 물고기들과 헤엄쳤다.

다합을 떠나야 할 때가 되었을 무렵, 중국어로 붙인 전단 덕분에 대만인 한 명과 중국인 한 명에게 강습 의뢰를 받았다. 의사소통이 되지 않으니, 남편이 설명하는 말을 내가 통역하는 방식으로 수업을 진행했다. 중국어라면 자신 있었지만, 한 번도 써보지 않은 신체 용어나 호흡 방법을 설명하는 일은 쉽지 않았다. 한국어로도 생소한 스포츠 용어들은 쉽게 외워지지도 않았다. 하루 전까지 입에 붙도록 충분히 연습했다고 생각했는데 막상 수업이 시작되자 말보다는 몸을 더 많이 써야 했다. '언어'의 기능이 의사소통이니 '통'하기만 하면 된다는 것이 나의 철학이지만, 정확하게 가르쳐야 안전한 프리다이빙을 할 수 있으니 여간 신경 쓰이는 일이 아니었다. 나는 온몸을 동원해 방바닥을 구르며 4시간을 통역했다. 수업은 길상이가 했는데 온몸이 땀으로 젖은 것은 나였다. 이집트에서 남편의 다이빙 강습을 나의 중국어로 통역하며 돈을 벌다니. 참 멀리서 돌고 돌아 각자 재능의 세계가 합쳐졌다.

말주변이 없는 길상이는 다이빙은 자신 있었지만,

학생을 가르치는 것에는 그렇지 않았다. 가르치는 일뿐만 아니라 사람들 앞에 나서서 하는 일은 모두 자신이 없었다. 그러니 다이빙만큼이나 강사를 한다는 것도 그에게는 큰 도전이라는 것을 알고 있었다. 나는 남편의 이런 모습을 초등학교 때부터 봐왔다. 전학 간 초등학교에서 길상이를 처음 만난 날부터 시골에서 함께 자라며 본 그는 소심하면서 겸손한 아이였다. 그리고 매우 사랑스러운 편임에도 본인은 그걸 잘 몰랐다. 작은 목소리. 조심스러운 행동. 착하기만 한 남편은 짓궂은 남학생들의 표적이었다. 덩치 큰 아이들의 놀림에 그는 늘 울음을 터트렸다. 작은 몸집이 조금씩 커지면서 괴롭힘은 줄어들었지만, 그는 여전히 본인의 사랑스러움은 모른 채 살고 있었다. 여행을 떠나기 전 나는 길상이에게 물었다.

"여행하면서 이루고 싶은 게 있어?"
"소심한 거, 겁이 많은 거, 자신이 없는 그런 모습을 바꿔보고 싶어."

아쉽지만 결과적으로 그런 모습은 바뀌지는 않았다. 그 자체가 길상이었기 때문이다. 그리고 그 모습 그대로 프리다이빙을 가르치고 있었다. 유쾌한 수업 대신 가벼운 미소로, 진지한 표정으로 본인이 좋아하는 일을 했다. 생각해 보니 나는 그 소심하지만, 진실한 길상이를 사랑한 것이었고 사람들은 길상이의 그런 면에 끌렸다. 남편도 다합에서 결국 자신의 사랑스러움을, 소심함을 그대로 받아들이기로 했다. 여행은 나도 몰랐던 새로운 모습을 발견하지만, 때로는 자신의 본모습을 마주하고 알아가는 과정일지도 모르겠다. 어쩌다 보니 자신의 본모습과 다이빙 강사라는 천직을 찾게 된 길상이처럼.

"소심한 거, 겁이 많은 거,
자신이 없는 그런 모습을 바꿔보고 싶어."

다섯 번째 직장, 케냐 음팡가노

우리는 행복하게 살았답니다

아프리카 작은 섬의
무숭구

전 세계의 호스트와 여행자를 연결해 주는 워크어웨이 사이트를 보는 것은 쏠쏠한 재미가 있었다. 어느 나라를 갈지 그려보면서 어떤 일을 하고 싶은지도 함께 계획했다. 여행자들이 호스트를 찾을 수 있는 사이트는 많았지만, 그중 워크이웨이의 큰 장점은 지원할 수 있는 직업군이 잘 나뉘어져 있다는 것이다. 농업, NGO, ART, 가정교사 심지어 동물케어까지. 이런 일을 해줄 사람을 구한다고? 별일이다 싶은 기상천외한 일들이 다 있었다. 그래서 할 수 있는 일을 해볼 수도 있었지만, 해본 적 없는 일도, 꿈만 꿔봤던 일도 구할 수 있었다. 나는 아프리카에 가기로 했으니 자연스레 NGO에서 일해보고 싶다는 조금 뻔한 생각으로 이어졌다.

동아프리카 여행계획을 세우며 탄자니아와 우간다 케냐 세 나라의 몇 개 단체에 지원서를 보냈다. 보통 지원서를 보내면 며칠은 기다렸다가 거절이나 합격 메일을 받게 된다. 유명한 관광지일수록 지원자는 몰리기 마련이었고 쏟아지는 지원서에 호스트들의 반응은 시큰둥했다. 대기자가 워낙 많으니 어쩔 수 없는 일이었다. 그런데 이 세 나라에서는 거짓말처럼 하루도 되지 않아 언제부터 일할 수 있냐는 긍정적인 소식을 받았다. 갑작스러운 ALL PASS에 그 이유를 곰곰이 생각해 봤다. 지원자가 적거나, 할 일이 너무 많은 것이 분명했다.

케냐에 도착하고 첫 일주일은 초원을 여행했다. 아무래도 생소한 분위기와 사람들에게 적응하는 시간이 필요했다. 우리와 다르지만 그들만의 색으로 빛나는 피부, 화려한 머리와 옷차림, 풍만한 몸매는 우리의 눈을 사로잡았다. 사실 겁을 먹었다는 표현이 어쩌면 더 정확할 것이다. 단순히 우리와 너무도 다른 생김새에 막연하게 무섭다는 감정이 생겨났다. 그런데 나는 그들과 얘기할수록 재밌는 몇 가지 사실을 발견했다. 케냐 사람들은 아직도 이소룡이나 성룡이 출연한 홍콩 영화들을 자주 봤는데 비슷한 외모를 가진 나와 남편은 당연히 '쿵후'나 '카라테'를 할 줄 안다고 생각했다. 나는 태권도도 할 줄 모르지만 무술 꽤 하는 것처럼 두 손을 앞으로 뻗어 보이며 '히얍!'하고 기합 소리를 냈다. 그들은 흠칫 놀라며 겁을 먹고 뒷걸음질을 쳤다. 그들 역시나 낯선 외모의 우리를 무서워했다. 케냐 사람들의 순수한 상상력은 우리가 처음 생각한 '거친 아프리카'와 아주 대조되는 모습이었다.

 적응했다 생각이 들 때쯤, 슬슬 직장으로 향할 준
비를 했다. 나는 성당에서 아이들을 돌보는 일을 찾
아 놓았다. 바다같이 넓은 빅토리아 호수 안의 '음팡가
노'라는 섬이었다. 신부님과 만나기로 한 약속 장소까
지 이동하는 것은 우리가 넘어야 하는 첫 번째 과제였
다. 더군다나 관광지가 아닌 곳으로 가는 정보는 어디
에서도 찾을 수 없었다. 행인에게 묻고 물어 마타투_{작은}
_{봉고차}를 세 번 갈아탔다. 아스팔트와 비포장도로를 지
나 이틀 만에 겨우 약속 장소인 호마베이에 도착했다.
곧 크리스마스를 앞두고 사람들의 이동이 시작되는 바
람에 터미널은 보따리를 이고 진 사람들로 인산인해를
이루었다. 진이 빠져 터미널 바닥에 주저앉은 우리 앞
에 검은 차가 한 대 섰다. 그는 동그란 얼굴에 인자한
웃음을 띠고 있었다. 나와 메일을 주고받았던 신부님,
케빈이라 했다. 인상은 믿을 만했지만, 선팅이 된 검은
차가 마음에 조금 걸렸다. 그를 따라 순순히 섬에 들어
가려는 순간 또 한 번 고민이 됐다. "길상아. 이거 괜찮
겠지? 우리 납치되는 거 아니겠지?"

워터버스는 섬으로 들어가는 사람들과 온갖 짐을 뒤섞은 채 두 시간을 달렸다. 빅토리아 호수는 잔잔한 파도가 일었는데 그 크기가 바다 같이 넓고 깊어 보였다. 묵직하게 달리는 우리의 배와는 달리 통통배를 타고 아슬하게 스쳐 지나가는 사람들도 자주 마주쳤다. 일렬로 앉아 양손으로 배의 귀퉁이를 쥐고 있는 그들 눈에서 불안함이란 찾아볼 수 없었다. 호수를 집으로 여기고 사는 사람들이었다. 아프리카에서 예상하지 못했던 풍경을 마주하니 모든 것이 생경하게 다가왔다.

음팡가노 섬에 도착했다. 항구에는 어른들과 꼬마들 여럿이 마중을 나와 있었다. 신부님은 성당에 필요한 짐들을 한가득 내려놓았는데 사람들은 약속이나 한 듯 그것을 하나씩 나눠 들었다. 형형색색으로 땋은 머리를 붙인 여자아이들과 미처 코를 닦지 못한 남자아이들은 신부님과 함께 배에서 내리는 우리를 보고 깜짝 놀라 눈이 동그래졌다. 한 어린아이는 울음이 터져 멈추질 않았다. "무숭구외국인를 무서워하는 아이들이 있어요. 자기를 잡아먹는다고 생각하거든요." 피부색이 다른 우리를 정말 위험한 존재라고 생각하는 걸까? 혹은 아이들이 떼를 쓸 때마다 우스갯소리로 무숭구를 팔았던 것일까? "자꾸 말 안 들으면 무숭구가 이놈하고 잡으러 온다!" 이렇게.

성당은 섬의 번화가에 자리 잡고 있었다. 사람들은 이곳을 섬에서 가장 큰 도시이자 수도라 불렀는데 내 눈에는 풀이 무성히 자란 벌판과 그 위로 줄지어 누운 당나귀, 먼지가 이는 흙길만 보였다. 남자 대부분은 어부였고 여자들은 그물을 손질하고 아이들을 돌봤다. 쓰러져 가는 나무판자와 양철 지붕을 얹은 집들이 드문드문 보였다. 미디어에서 접하던 아프리카의 이미지였다. 봉사를 하고 싶다는 생각으로 찾아온 곳이었지만 막상 외딴섬의 시골 마을에 들어오니 세상과 한참 멀어진 기분이었다. 이 초라한 섬에서 그나마 성당은 시멘트로 지은 건물이었으니 생활 여건은 나은 축에 속했다. 우리는 성당에 딸린 사택에서 지내며 2주간 일을 돕기로 했다. 하루 5시간, 아침 7부터 12시까지 옥수수죽을 만들어 아이들에게 배식하면 된다. 남는 오후 시간은 섬을 여행하기로 했다.

도착 후 처음 맞는 일요일이었다. 아침 미사에 꼭 참석하라는 케빈 신부님의 신신당부에 못 이겨 새벽부터 일어나 깨끗한 옷을 꺼내 입고 성당으로 갔다. 비가 추적추적 내렸다. 이층으로 된 큰 성당에는 사람보다도 염소들이 먼저 출근해 똥을 싸 놓았다. 굴러다니는 똥에 눈길을 주는 사람은 없었다. 신도들은 무심하게 성당 안으로 모였다. 사람이 많아지자, 염소들은 자연스레 밖으로 나가버렸다.

신부님이 입장하기 전 찬송가가 연이어 몇 곡 연주되었다. 드럼과 키보드가 어우러진 음악에 흥겨운 분위기가 점점 고조되었다. 어디서 나타난 여학생들이 화려한 옷을 맞춰 입고 춤을 추며 입장했다. 따라 할 수도 없는 리드미컬한 엉덩이와 허리의 움직임에 입이 다물어지질 않았다. 불현듯 이곳이 성당인지 의심스러울 정도였다. 그 뒤를 이어 아주머니의 품에 안긴 닭과 할머니가 머리 위에 이고 온 생수와 음료, 아저씨 손에 끌려온 염소 등등이 입장했다. 염소는 끌려오지 않으려 엉덩이를 한껏 뒤로 빼고 악을 썼지만, 주인의 표정에는 아무런 미동도 없었다. 이 광경은 성당의 미사가 아니라 축제의 행렬 같았다. 마지막으로 들어온 주인공은 신부님이었다. 녹색과 흰색이 섞인 가운을 입고 제단에 올라섰다. 한 편의 뮤지컬이 막을 올린 듯했다.

중간 중간 흘러나오는 쏘울 가득한 노래들에만 귀가 번쩍 뜨여 손뼉을 쳤다. 없던 흥도 생길 판이었다. 이들의 노래와 춤, 움직임은 정말이지 남달랐다. 풍부한 성량과 타고난 끼, 리듬감은 케냐의 민족성이라고 해도 될 만큼 모두가 재능이 있어 보였다.

미사의 막바지, 갑작스러운 정적이 흘렀다. "휜과 길상을 소개할게요. 앞으로 나와주세요." 사람들의 시선은 일제히 우리에게 집중되었다. 2주간 함께 살게 된 우리를 제단 앞으로 불러 세웠다. 수많은 눈이 남편과 나를 뚫어져라 쳐다보고 있으니, 그 긴장감으로 손에 땀이 났다.

"안녕하세요, 나는 휜, 남편은 길상. 한국에서 온 무승구에요. 길에서 만나면 인사해요."

어색한 인사를 끝냈다. 웅성대는 소리 위로 박수소리가 얹어졌다. 공동체 안으로 들어온 신고식을 한 셈이었다.

더 오래
당신과 함께 하고 싶어요

케냐에 온 지 벌써 일주일이 흘렀다. 성당 뒤편의 공터에 나뭇가지를 모아 모닥불을 지피는 것으로 아침을 시작했다. 동그랗게 쌓아 만든 돌덩이 가운데 불씨를 넣고 쭈그려 앉아 입으로 바람을 불어 넣었다. 세렝게티 사파리 투어에는 마사이족이 모닥불 피우는 것을 구경하는 코스가 있다고 하던데. 그 정도는 생략해도 되겠다. 불이 타오르면 물탱크에 저장된 빗물을 가져와 팔팔 끓인 뒤 옥수숫가루를 풀어 익을 때까지 저어줬다. 50인분의 뜨거운 죽에서 올라오는 열기는 대단했다. 뜨거운 태양 아래 현기증이 날 것 같은 더위였다. 죽이 익으면 설탕을 풀어 약간 달짝지근한 맛을 더했다. 그리고 아이들이 수월하게 먹을 수 있도록 다시 한 시간 동안 주걱으로 저어가며 식혔다. 남편이 힘든 과정을 수행하는 동안 나는 아이들이 앉을 자리를 마련했다. 조그만 체구에 걸맞은 작은 의자를 늘어놓고, 돗자리도 폈다. 나무 그늘에 누워 쉬다가 일하기를 반복하는 단순한 업무였다. 조용히 할 일을 하나씩 해 나갔다.

문제는 아이들을 데려오는 길이었다. 우리의 작업장 옆에는 이 섬의 유일한 초등학교가 있었다. 높은 언덕의 교정에 서면 빅토리아 호수가 훤히 내려다보였

다. 맞은편 섬까지 시원하게 뻗어 탁 트인 풍경이 너무
좋았다. 아이들을 데리러 가는 것도 잊은 채 나무 아래
에 서서 푸른 하늘과 그보다 더 푸른 호수를 한참을 바
라봤다. 고개를 돌리면 유아반 아이들이 낡아빠진 교
실에 모여 깔깔거리며 놀고 있는 모습이 보였다. 지금
부터가 진짜 일의 시작이었다. 아이들을 밥 먹는 곳까
지 데리고 오려면 진땀을 빼야 했다. 선생님이 인솔하
는 날은 말을 참 잘 듣다가도 내가 등장하는 순간, 질
서는 온데간데없고 난장판이 되었다. 이 녀석들은 내
가 좋아서, 관심을 더 받고 싶어서 말을 듣지 않았다.
나는 누구보다 그 사실을 잘 알고 있었다. 하지만 내
성질을 이기지 못하고 결국 회초리를 들어 조그만 콩
알들을 향해 겁을 줄 수밖에 없었다. 물론 겁내는 아이
는 하나도 없었다. 나는 그냥 회초리를 든, 한국 무숭구
일 뿐이었다.

　아이들은 남편 앞으로 다닥다닥 배를 붙이고 줄을
선 다음 배식을 기다렸다. 큰 냄비 가득 담긴 허여멀건
한 죽을 보고 군침을 흘렸다. 내 입에는 밍밍한 수프였
지만 녀석들은 옥수수죽 한 컵을 받아 들고 맛있게 마
셨다. 큰 컵은 얼굴을 다 가릴 정도였는데 고개를 젖히
고 한 방울까지 말끔히 먹었다. 밥 먹을 때만큼은 조용

한 녀석들을 보고 있으면 나도 모르게 입꼬리가 올라가고 배가 불렀다. 이 맛에 우리는 매일 즐겁게 일 할 수 있었다.

낮은 뜨거웠다. 그런데 이곳에서 느끼는 더위는 조금 달랐다. 싱그러운 무더위랄까. 호수로 둘러싸인 섬이라 그랬을 것이다. 바다처럼 넓은 빅토리아 호수는 남자들에게 물고기를 주었고, 물 부족으로 고생하는 보통의 아프리카 나라와는 달리 여자들은 조금만 걸어 나가면 원하는 만큼의 물을 얻을 수 있었다. 동네의 처녀와 아줌마들은 설거지나 빨랫감을 모아 삼삼오오 호수 해변으로 모였다. 그녀들은 해변에서 나체로 여유로운 시간을 즐겼다. 성당 물탱크의 물이 바닥나는 날이면 나도 호수로 가 여자들과 함께 몸을 씻었다. 멀리 보트를 타고 지나가는 사람들은 개미같이 작아 보였으니 벗은 몸을 전혀 신경 쓰지 않아도 되었다. 호수 하나로 내륙과 섬의 분위기는 완전히 달랐다. 하지만 모든 것을 주는 호수 때문에 생기는 문제도 있었다. 외지에서 돈을 벌기 위해 온 남자들은 잠시 섬 생활을 하다 떠나기 일쑤였고, 여자와 갓난아기만 이곳에 남겨지는 경우가 많았다. 가난으로 끼니를 굶는 어린아이들

도 많았고, 고립된 위치 때문에 상처에 바를 간단한 약
도 구하기 힘들었다. 우리가 끓일 옥수숫가루도 이제
바닥을 드러내고 있었다. 한 자루 가득했던 식량이 떨
어지는 것은 쌀통의 쌀이 줄어드는 불안감과 같았다.
성당의 재정에서 돈을 꺼내 쓰는 것이었으니 옥수수를
사는 것 역시 신부님의 의지에 달려 있었다.

한번은 신부님을 따라 배를 타고 음팡가노에서 멀
리 떨어진 램바섬을 갔다. 그곳은 우간다와 케냐의 국
경선에 걸쳐진 섬으로 어디에도 완전히 속하지 못했
다. 작은 땅은 셀 수 없이 많은 은색 양철집으로 뒤덮
혀 멀리서도 눈이 부셨다. 좁은 골목길에는 술에 취한
남자들이 늘어져 있었다. 여자들은 희뿌연 연기를 피
우며 물고기를 훈제했다. 어디에도 속하지 않는 사람
들은 작은 섬에서 물고기에만 의지해 살았는데 아무것
도 모르는 여행자의 눈에도 문제들이 많아 보였다. 술,
가난, 질병. 신부님은 아무도 신경 쓰지 않는 것처럼 보
이는 호수의 섬들을 찾아다니며 작은 도움이라도 주고
싶어 했다. 램바섬까지 건너와 미사를 보거나, 학교의
아이들에게 성당 돈을 털어 옥수수죽을 먹이는 것까
지. 그는 하고 싶은 일이 너무도 많았지만 성당 살림은

빠듯했다. 신부님의 영향인지 모르겠지만, 우리도 무언가 하고 싶어졌다. 거의 남지 않은 옥수숫가루가 걱정되었고 우리가 가진 비상약만으로 아이들을 치료하기에는 턱없이 부족했다. 처음 한 번 약을 발라주기 시작한 일은 이제 작은 의료원을 방불케 했다. 소독약과 연고를 한번 쓱 바르는 것이 전부인데도 아이들은 처음 받아보는 치료에 모든 아픔이 가신 듯 배시시 웃었다. 하루에도 몇 명씩 찾아오는 어린 환자들 덕에 비상약은 남아나질 않았다.

소셜미디어 때문에 현대사회가 병들었다고 했지만, 좋은 기능도 있었다. 지구 반대편에서 무슨 일이 일어나는지 가장 빠르게 알릴 수 있는 도구였다. 우린 이것을 통해 돈을 모금하기로 결심했다. 나는 인스타그램과 블로그에 음팡가노의 사정을 설명했다. 가감 없이 이 상황을 그대로 쓰기 위해 애썼다. 티브이에서 보는 비극적인 기아의 상황은 아니었다. 하지만 분명 도움이 필요했고, 한국에서의 작은 도움도 이곳에선 아주 큰 도움이 된다는 것을 얘기하고 싶었다. 오천 원이면 50명이 먹을 옥수수죽을 끓이고도 남았다. 적은 돈일지라도 뭐든지 부족한 이곳에서는 엄청나게 큰 가치가 있었다. 일주일 동안의 모금은 뜻밖의 관심을 받았다. 연말연시의 분위기가 한몫하기도 했지만, 우리 마음을 누구보다 잘 이해하고 있을 여행자들이 돈을 보내왔다.

오십만 원만 모이면 좋겠다고 생각한 시작과 달리 일주일도 안 되어 백만 원을 넘겼다. 신부님에게 이 소식을 전했을 때 그는 믿기 힘들어했다. 왜 머나먼 한국에서 자신들을 돕는지 이해하기 힘들었다. 이 돈이면 3개월 치 곡식을 사고도 남았다. 의약품도 살 수도 있고, 학용품과 칠하다 만 건물의 페인트도 살 수도 있었다. 기쁜 표정의 신부님은 곧 진지한 얼굴로 말했다. "사람들에게는 비밀로 해야 해요. 안 그럼 어떤 사람들은 두 사람한테 더 많은 걸 바랄 수도 있으니까. 이건 우리끼리 비밀이에요."

그는 이 돈을 가져올 나쁜 영향에 대해 먼저 생각했다. 공짜 식사는 사람들의 자립심을 해칠 수도 있다고 경계했다. 눈앞의 문제를 어떻게든 돈으로 해결해보겠다는 우리와는 달리 그는 더 깊은 고민에 빠져들었다. 뭍으로 나가 은행에서 돈을 찾았다. 백 사십만 원이 넘는 돈이었다. 모두가 잠든 밤, 신부님과 우리는 거실에 모여 앉았다. 큰돈이 생겨 어떻게 쓸지 궁리하는 일은 행복했다. 가장 우선순위는 3개월 치 옥수숫가루 였다. 그리고 약국에서 소독약과 연고, 붕대 같은 기본 적인 약품들을 대량 구매하기로 했다. 곡식과 약을 사고 남는 돈은 건물의 페인트 공사를 하는 데 쓰자고 합의했다. 우리가 밥을 하는 공터에는 짓다 만 건물이 하나 있었는데, 아무도 쓰지 않는 곳이었다. 신부님은 그 공간을 좀 더 유용하게 만들고 싶어했다. 비가 오면 아이들이 밥 먹을 공간이 없어지기도 했고 방과 후 아이들을 위한 공간이 하나도 없었기 때문이다. 나중에 그가 이 섬을 떠나 다른 곳으로 발령을 받더라도 자신이 벌인 프로젝트가 지속되게 할 공간이 필요했다. 만약 다음 후임자가 아이들을 지원하는 사업에 관심이 없다면 당장이라도 없어질 수 있었다.

우리는 이곳에 한 달 정도 더 머물기로 마음을 바꿨다. 이 돈이 어떻게 쓰이는지 봐야 했다. 돈만 주고 나 몰라라 떠나기에는 발을 깊이 담가버렸다. 또 돈을 모금해 준 사람들에게 어떤 결과를 보여줄 책임도 있었다.

사람들은 이곳을
코리아 하우스라 불러요

신부님은 호수 구석구석 작은 섬을 누비며 미사를 다니느라 거의 집을 비웠다. 성당에 찾아온 손님을 맞이하는 것은 나와 남편이었다. 음팡가노 사람들은 신부님의 안부를 묻는 대신 한국인 두 명이 잘 지내는지 궁금해했다. 어느새 성당의 사택은 마을 사람들에게 코리아 하우스로 불렸다. 신부님은 '케냐'의 타이틀을 뺏긴 것이 어이없으면서도 내심 좋아했다. 그의 부재가 커질수록 우리는 더 많은 일을 하고 싶었다. 보통은 호스트가 정한 노동시간이 있었지만, 음팡가노 만큼은 예외였다. 성당에 물이 떨어지면 탱크에 물을 채워 넣고, 요리를 하고, 집안일을 도왔다. 우리마저도 이곳을 코리아 하우스, 우리 집이라고 생각하기 시작했다.

아이들은 학교가 끝나면 우리를 찾아왔다. 집안일을 할 수 있을 정도로 나이가 찬 아이들은 물도 긷고 동생도 돌봐야 하니 할 일이 많았다. 그러나 할 수 있는 일이 적은 네다섯살 아이들은 따분한 시간을 보내기 위해 무승구를 찾아왔다. 이들은 고사리 같은 작은 손으로 우리 머리카락을 만졌다. 손에서 미끄럽게 빠져나가는 부드러운 촉감, 이는 세상에서 가장 가장 재미있는 장난감이었다.

"머리카락 밑도 하얗다? 금으로 된 이도 있어! 완

전 JESUS 같아!"

녀석들은 우리 몸 구석구석을 살펴 놀랄 거리를 찾았다. 입 속의 금니가 그렇게 놀라 나자빠질 일인지. 자신과 같은 검은 색을 찾으려 했는데, 두피마저도 밝은 색이라고 입이 벌어졌다. 정말 웃기는 녀석들이다.

가만히 있어도 땀이 날 정도로 더운 날은 호수 해변에서 수영을 했다. 아이들은 자신이 얼마나 멀리까지 헤엄칠 수 있는지 보여주고 싶었다. 여자아이들은 내 목과 팔에 매달려 내가 물을 먹든 말든, 어푸어푸 괴로워하는 모습을 보고 숨이 넘어가도록 웃었다. 그럼 나도 덩달아 웃음이 났다. 수영 겸 목욕이 끝나고 집으로 가는 길에는 큰 나무 한 그루가 있었다. 싱그런 잎사귀가 가득한 망고나무였는데 익지도 않은 푸른 망고를 따서 아이들끼리 한 입씩 베어 먹었다. 입이 얼얼하도록 신맛이 났다.

"이거 너무 시큼하다."

"하하하 망고가 원래 그런 맛인데, 한국 사람은 그런 것도 몰라요?"

한국이 어떤 나라인지 알면 깜짝 놀랄 텐데. 속으

로만 한국의 비밀을 삼켰다. 녀석들은 상식도 모르는 무승구가 우습다고 깔깔 웃었다. 아마 익기를 기다렸다가는 다른 누군가의 차지가 되어 버리니 아이들은 늘 시큼한 망고만 먹었을 것이라 생각했다. 다 젖은 몸의 물을 털며 시큼한 맛으로 얼얼한 입을 만시며 집으로 향했다. 이곳을 여행하고 있다는 생각은 점점 옅어지고 있었다. 우리는 그렇게 함께 살아가고 있었다.

코리아 하우스에 새로운 직원들이 왔다. 무라트는 터키에서 온 카메라 감독이었다. 준과 리는 우리가 벌인 모금행사에 돈을 보내주었던 여행자 부부였다. 음팡가노에서 함께 일하고 싶다는 연락을 받고 얼마나 기뻤는지 모른다. 신부님은 성당에 직원들이 늘어나는 것이 뿌듯하면서도 한국인이 네 명이나 있으니 진짜 코리아 하우스가 되어버렸다며 농담했다. 우리는 오랜만에 섬 사람들이 아닌 여행자들과 시간을 보낼 수 있어 동지를 만난 것 같이 기뻤다. 식사 시간이 되면 각국의 음식이 식탁에 차려졌다. 터키의 피망 밥, 한국의 탕수육, 케냐의 채소볶음이 한데 어우러졌다. 국적마다 종교도 다양했다. 이슬람의 무라트, 개신교의 준과 리, 불교도인 우리는 천주교 성당에 모여 앉았다. 소박하면서도 대단한

평화였다. 한 식탁에서 맛있는 것을 함께 나누는 평화
는 이렇게 쉬운 일인데 세상의 어느 한편에서는 전쟁으
로 이 소중한 시간을 낭비하고 있었다.

조용하던 일상이 북적거림으로 바뀌었다. 여행자
들은 각자의 재능을 이곳에서 발휘하기 위해 애썼다.
무라트는 초등학교에 찾아가 컴퓨터 수업을 했다. 그
리고 평소 알고 지내던 기업에 후원 요청 메일을 끊임
없이 돌렸다. 이곳을 더 좋은 환경을 만들고 싶다는 욕
심만큼 적극적으로 다른 문을 두드렸다. 그는 모든 열
정을 쏟아 부었다. 우리에게도 열변을 토하며 일을 크
게 키우고 싶어 했다. 하지만 우리는 어차피 떠날 사람
이었다. 여행자들의 어쩔 수 없는 숙명이라고 생각했
다. 그러니 이곳을 변화시키는 것에는 동의하지 않았
다. 신부님이 원하는 일을 돕고 싶은 것이었지 '더 나
은 음팡가노'를 만들자는 것은 큰 산처럼 느껴져 발을
들여놓고 싶지 않았다. 그에 반해 무라트는 이 섬의 생
활을 조금이라도 더 나은 쪽으로 바꾸길 원했다. 우리
가 케냐까지 와서 하고 싶었던 봉사는 결국 적당히, 잠
깐의 자기만족을 위한 것이었을까? NGO 활동은 어떤
것일까 막연히 궁금한 적이 있었다. 케냐의 작은 섬에

서 막상 봉사를 하고 있어보니, 나처럼 '봉사'에 지식 없이 이런 일을 하는 것이 옳은 것인지 생각해 봤다. 우리가 하고자 하는 일이 개인적인 경험과, 성취, 만족을 위한 일은 아닐까? 내가 했던 일과 결과, 그리고 앞으로의 방향까지 고민이 되기 시작했다.

한번은 고등학교 진학을 앞둔 중학생 아이들이 우리를 찾아와 공책 몇 권과 계산기를 사달라고 했다. 크지 않는 돈이기도 했고, 섬에서 우리를 가장 많이 도와줬던 이들이었기 때문에 그에 대한 고마움으로 나는 흔쾌히 필요하다는 것들을 사주었다. 하지만 그 일이 소문나자, 동네 어른들마저 집이 무너지거나, 필요한 돈이 있으면 우리를 찾아와 하소연했다. 나는 이런 일들이 당황스러워 일단 자리를 피하고 신부님에게 조언을 구하는 일이 많아졌다. 신부님의 원칙은 '공짜는 없다'였다. 도움이 필요하면 그만큼의 일을 해야 한다고 생각했다. 우리에게 무상으로 선물을 받았던 중학생들은 그 일로 성당에 와서 며칠간 일을 도와야만 했다. 나는 그것이 어느 정도 합리적이라고 생각은 했지만, 우리의 선의가 어디까지 여야 하는지는 전혀 알 수 없었다.

건물의 페인트칠은 어느 정도 끝내 놨고, 몇 개월 치 곡식도 마련해 놓았다. 상비약을 성당에 비치하고 성당 사택을 관리하는 유니스에게 사용법을 교육했다. 하지만 이곳에 필요한 도움들은 끝이 없었다. 당연한 일이었다. 우리가 고작 머무는 40일 동안 무엇인가 '짠'하고 바뀌는 것은 불가능했다. 무라트, 준과 리, 나와 남편 같은 사람이 계속해서 이곳을 찾는다면 분명 큰 도움이 될 것이다. 하지만 섬사람들이 스스로 '자립'하는 것과는 거리가 있었다. 사람들은 무엇인가를 점점 바라게 되는 늪에 빠져 있다는 생각이 들었다. 우리가 하고 싶었던 봉사는 무엇이었을까? '돕는다'만 생각했지 그것의 형태나 방법, 규칙은 생각해 본 적이 없었다. 나는 답을 찾지 못한 채 신부님에게 약속한 이별의 날은 다가왔다. 그는 우리가 한 번 더 기간을 연장해 주길 바라는 눈치였다. 하지만 더 이상 머물기는 힘들었다. 계속된 호수목욕으로 피부병이 났고, 좁은 섬에만 갇혀 있으려니 마음도 근질거렸다. 떠날 때가 온 것이다.

마지막 미사에 들어갔다. 매주 참석하는 미사지만 신부님의 입장 전 사람들이 준비하는 퍼레이드는 아직도 놀라웠다. 춤을 추는 여자들과 남자의 손에 이끌려 오는 염소까지. 이번에도 역시나 물건들이 제단 앞에 가득 쌓였다. 여느 때처럼 신부님은 미사를 진행했고 우린 옆자리 꼬마와 머리카락을 만지며 장난쳤다. 미사가 끝날 무렵 사람들은 나와 남편을 일제히 쳐다보며 우리의 이름을 부르고 있었다. 신부님은 첫인사처럼 마지막으로 작별 인사할 기회를 줬다. 그의 두 번째 호출이었으니 이미 익숙했다. 천천히 앞으로 걸어 나갔다.

의자에 앉은 사람들은 나와 남편의 손을 한 번씩 잡으며 악수를 했다. 섬마을에 시장 선거가 있었다면 우리 부부가 당선을 따 놓은 분위기였다. 그런데 그들의 슬픈 표정을 보니 왜 나까지 가슴이 뛰고 눈물이 나려 하는지 모르겠다. 마이크를 잡기도 전에 그 많은 눈과 얼굴들을 마주하고 있으니, 목구멍까지 울컥하는 뜨거운 울음을 참지 못하고 눈물이 주르륵 쏟아졌다. 잘 있으라는 인사를 멋지게 하고 뒤돌아서야지 계획했는데 현실에서는 입술도 떨어지지 않았다. 한참을 우물쭈물하다 신부님을 힐끗 한 번 쳐다봤다. 그도 눈시울이 붉어져서는 다 안다는 눈빛을 하고 있었다. 나의 등을 토닥였다. 함께한 시간이 빠르게 스쳐 지나갔다. 페인트 색깔을 고르고, 옥수수죽 끓이는 방법을 배우고, 때론 사람들 사이의 갈등을 토로하던 모든 시간이 떠올랐다. 얼른 마음을 진정시키고 이곳의 생활을 매듭짓기 위해 마이크를 들었다.

"안녕하세요, 우리는 무숭구. 여기 있는 시간 동안 우리는 아주 많이 행복했어요. 아이들과 함께 호수에서 수영하고, 여러분들 집에 초대받아 함께 식사를 하기도 했어요. 남편이랑 저는 아주 행복하고 잊지 못할 시간을 보내다가 떠나요. 또 만날 수 있을 거예요. 언젠가 음팡가노에 꼭 다시 돌아와서 아이들이 얼마나 컸는지 볼게요. 그러니까 여러분도 우리를 잊지 말아요. 안녕."

겨우 이어간 마지막 인사에 할머니들은 울음을 터트리기도 했다. 성당 안은 훌쩍이는 콧물 소리만 들렸다. 그 모습을 보니 우리는 떠나고 싶지 않아졌다. 작은 섬에서 우리가 이렇게 많은 사랑을 받게 될 줄은 상상도 하지 못했다. 무섭기만 했던 아프리카 사람들이 계속 함께 하고 싶을 정도로 사랑스럽게 느껴질지는 예상치도 못한 일이었다.

미사가 끝나자, 사람들은 우리의 손을 꼭 붙잡고 놓아주질 않았다. 많은 이야기가 오갔지만, 반의반도 알아듣기 힘들었다. 하지만 그들이 무슨 말을 하는지 얼굴만 봐도 이해할 수 있었다. 세계의 공용어는 진심이 분명했다. 그들은 한 명씩 악수를 청했다. 손이 닳도록 사람들과 마지막 인사를 했다. 끝나지 않을 것 같은 하루였다. 나는 지금껏 여행하면서 헤어짐이 익숙했다. 매일 새로운 사람을 만나고 작별했으니, 그것이 아쉽지도 않았다. 애틋함도 없었을뿐더러 '또 보자'는 말은 기약 없는 형식적인 인사에 지나지 않았다. 그런데 이곳에서의 작별은 가슴이 아렸다. 헤어짐의 슬픔은 함께한 시간에 비례했다. 꼬마들에게 회초리를 드는 대신 한 번 더 안아줄 걸, 무라트의 말 대로 다른 걸한번 시도해 볼 걸, 그런 미련들이 남았다.

먼지가 자욱이 이는 길을 따라 걸어갔다. 싱그러운 호수와 풀밭, 망고나무, 양철집, 벌거벗고 뛰는 어린아이까지. 마지막으로 보는 나의 이웃들 모습이었다. 항구까지 마을 사람들의 배웅을 받으며 그들을 오래오래 기억하려 했다. 헤어짐이 이렇게 어렵기는 처음이었다. 하마터면 배낭을 던지고 다시 코리아 하우스로 돌아갈 뻔했다. 워터버스에 올라 섬이 작게 사라질 때까지 입술을 깨물고 그곳을 바라봤다.

"사람들이 오래도록 많이 보고 싶을 것 같아."
"나도."

"안녕하세요, 우리는 무숭구.
여기 있는 시간 동안 우리는 아주 많이 행복했어요."

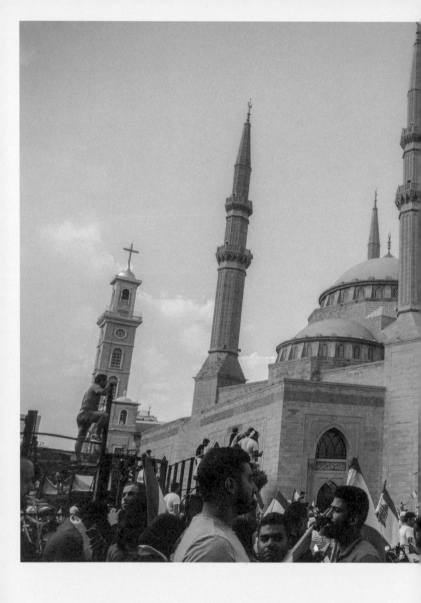

여섯번째 직장, 레바논 베이루트

다림질보다 뜨거운 열기

냉탕과 열정사이

중동의 파리, 레바논. 지중해에서 이들을 빼놓고 얘기하는 것은 불가능하다. 이곳은 페니키아인들의 땅이었다. 이들은 조상과 역사에 대한 자부심이 아주 대단해 보였다. 국기에 그려진 삼나무는 오래전부터 레바논의 자랑이었다. 기원전부터 이곳의 삼나무는 유대인의 성전으로, 이집트 왕들의 목관으로 수출되었으니 레바논 땅에 부를 가져다준 일등 공신이라 할 만하다. 또한 페니키아 상인들이 쓰던 편리한 글자는 알파벳의 기원이 되었다 하니 선조들이 일군 역사에 어깨가 으쓱해지고도 남을 일이었다.

레바논은 고대부터 지금까지 내륙과 바다를 하나로 잇는 창구기능을 했다. 무역이 발달한 덕에 이곳의 음식은 자연스레 여러 문화가 합쳐져 맛있기로도 유명했다. 멋진 역사와 볼거리를 가지고 있음에도 이곳이 여행목록에서 제외되기 일쑤인 것은 불안정한 정치 상황 때문이었다. 종교적 갈등으로 1958년부터 내전의 아픔을 겪었고 이스라엘과는 지금까지 영토를 놓고 분쟁 중이다. 이스라엘이 강제로 레바논 남부의 땅을 점령한 뒤 두 나라는 적대적일 뿐만 아니라 서로를 국가로 인정하고 있지도 않았다. 두 나라 사이에는 UN에

의한 2,000미터의 블루라인이 존재했는데 평화유지군이 이 일대의 긴장을 완화하고 있었다. 우리가 도착하는 날까지도 두 나라의 국경에서 싸움이 있었다는 뉴스를 들으며 입국했다.

레바논의 물가는 꽤 비쌌다. 5만 원 이하의 숙소는 커녕 마트의 물가들은 한국과 맞먹었다. 여행은 하고 싶은데 높은 물가로 예산이 빠듯할 때는 일 하는 것이 가장 좋은 방법이었다. 우리는 수영장 청소와 세탁물 다림질할 사람을 찾고 있는 한 호텔에 눈이 갔다. 호텔 업무는 아직 한 번도 해 본 적 없는 일이었다. 여행자가 드문 탓에 호텔 주인 히샴에게서 곧바로 연락이 왔다. 환영의 메일이었다. 앗싸! 호텔이다!

레바논의 첫인상은 셀 수없이 많은 자국기가 펄럭이는 모습이었다. 중동의 모래 먼지 대신 깨끗한 도로와 건물, 히잡을 쓴 여자와 쫙 붙은 레깅스에 배꼽을 내놓은 여자가 나란히 걷고 있었다. 차를 세 번이나 갈아타며 호텔로 향했다. 목적지만 말하면 주위의 아저씨들은 차를 잡아서 태워주고, 그 운전사는 다음 차량까지 인계해 주었다. 여행자에 대한 중동 특유의 친절은 이곳에 대한 경계심을 빠르게 무너뜨렸다. 호텔에 들어서니 직원들은 기다렸다는 듯이 우리를 방으로 안내했다. 1층의 널찍한 방에는 삼성 티브이와 LG 에어컨이 있었고, 욕실은 아라베스크 무늬의 푸른 타일로 장식되어 있다. 얼마 만에 오는 깨끗한 호텔이었는지 모른다. 빳빳한 이불과 베갯잇에서는 갓 세탁한 세제 향이 은은하게 퍼졌다. 큰 창으로는 오후 햇살이 따듯하게 들어왔다. 간단하게 샤워하고 향기 나는 이불속에 쏙 들어가 있으니 나도 모르는 새 잠이 들어버렸다.

밖은 벌써 어두워졌다. 꿀맛과 같이 긴 잠이었다. 밖으로 나가보니 히샴은 일찌감치 로비에서 우리를 기다리고 있었다. 나는 그가 무뚝뚝한 성격이라는 것을 한눈에 알 수 있었다. 아무 표정 없이 이곳에서 해야 할 업무를 간단하게 설명했다. 오전동안 나는 세탁실에서 다림질을, 남편은 수영장 청소를 하면 된다. 아침과 점심은 호텔에서 직원들과 먹고 저녁밥은 자유였다. 정말 좋은 근무 조건이었다. 나는 이 호텔이 우리가 일한 곳 중에 가장 이상적인 직장이라 생각했다. 일의 시작과 끝이 정확했고, 호스트도 업무 이외의 것을 우리에게 기대하지 않았다. 또 여행지의 정보가 넘쳤으니 여러모로 최고의 직장이었다.

이곳의 직원들은 모두 가난한 나라에서 온 사람들이었다. 에티오피아, 시리아 난민, 수단에서 온 이들에게 호텔 일을 하나씩 배웠다. 한국에서는 거의 하지 않는 다림질이었지만 이곳 세탁실 일은 즐거웠다. 탁자 앞에 가만히 앉아 와플 기계 같은 다림기에 빨래를 넣고 누른 뒤 잘 개어 선반에 쌓았다. 라디오에서 나오는 경쾌한 음악과 깨끗한 섬유 냄새가 진동하는 공간에서 보내는 혼자만의 시간이 편안했다. 인건비가 꽤 높은 레바논에서 직원들에게 이 일을 시키기엔 고용주 돈이 아까울 수밖에 없었다.

작은 수영장에 손님은 한 팀도 없었다. 길상이는 수영장을 깨끗이 청소한 다음 수영복으로 갈아입었다. 마치 본인의 수영장을 쓰듯 우리 둘만의 공간이었다. 지하수를 끌어온 차가운 물에 몸을 담글 때마다 온몸을 부르르 떨었다. 몇 분을 꾹 참고 온도에 익숙해지고 나면 지상낙원이 되었다. 오전 내내 다림질로 달아오른 열기를 냉탕에서 식혔다. 다른 직원들은 10월의 가을 날씨에 수영을 즐기는 우리를 신기해하며 쳐다봤다. 이 특권은 아마 워크어웨이 여행자인 우리에게만

허락된 듯했다. 오후가 되면 호텔에서 챙겨주는 밥으로 끼니를 해결하고 차를 빌려 우리가 여행하고 싶은 곳으로 떠났다. 일과 여행의 균형이 딱 맞아떨어졌다. 삶의 질이 올라가는 소리가 들릴 정도였다. 근처에 볼 만한 곳을 잘 알고 있는 히샴의 안내를 받아 일이 끝나기 무섭게 밖으로 나갔다.

히샴은 손님도 없는 호텔에 여행자들을 끊임없이 채용했다. 나는 이곳에서 세 명의 워크어웨이 동료를 만났다. 줄리아는 히피 사진작가였다. 그녀는 호텔 사진을 찍고 온라인에 올릴 포트폴리오 작업을 했다. 돈을 들여야만 할 수 있는 일을 히샴은 본인이 제공하는 숙식과 바꾸고 있었다. 방이야 늘 준비되어 있었으니 워크어웨이 여행자가 얼마나 오든 상관없었다. 세드릭은 프랑스에서 온 음악가였다. 호텔 로비에서 피아노 반주를 하기 위해 왔다는 그는 이곳의 적막한 분위기를 보고 당황했지만, 자신을 위해 연주하기로 마음먹었다. 그는 피아노와 기타를 번갈아 가며 쳤다. 손님이 없으니 호텔 직원들만 귀 호강을 실컷 했다. 나도 모든 일이 끝난 밤이 되면 그와 함께 기타를 치고, 몇 가지 리듬을 배워 합주를 했다. 브라질에서 온 파비아노는 나와 같이 세탁실을 배정받았다. 고작 며칠 선배라고 나도 그에게 가르칠 노하우가 있었다. 반듯한 주름을 잡아 다림질을 하고 차곡차곡 선반에 정리하는 것까지 모든 것을 업무를 전수해줬다. 우리는 각자 다른 이유로 레바논에 왔지만, 이 호텔에 온 이유는 똑같았다. 긴 여행을 하며 본인의 재능 파는 것, 그리고 덤으로 여행자들을 통해 정보를 얻었다. 예를 들면 어느 나라에서는 이런 일을 하면 좋다는 것들이었다. 셋은 하나같이 마음에 드는 장소를 찾아 여행 중이라 했다. 이들은 자신이 태어난 고향을 떠나 세상 어디에서나 살 준비가 된 사람들 같았다.

우리는 우리가 태어날 곳을 정할 수는 없다. 사실 처음부터 정할 수 있는 것은 없다. 하지만 어른이 되어 생각하니 이제 내가 살 곳쯤은 정할 수 있었다. 꼭 한국에서 하고 싶은 일을 찾아 정착할 필요가 없었는데 내가 지금껏 너무 어렵게, 혹은 너무 쉽게 주어진 것으로만 선택하며 살아온 것은 아닐까? 어디에서든 내가 원하는 무엇이든 해볼 선택지를 만들 기회가 있었는데 말이다. 처음에는 일하며 아낀 돈으로 세계여행을 연장하고 싶은 마음뿐이었다. 그런데 이 프로그램의 진정한 목적은 모두에게 기회를 주는 것이었다. 자유로운 여행 속에서 원하는 일을 가질 수도 있었고 살고 싶은 곳을 결정할 수도 있었다. 정해진 답은 없었다. 잘못된 길은 돌아가면 그만이었다. 이 모든 것을 시도해 볼 수 있는 기회가 워크어웨이에 있었다.

**내일의 역사 시험 대신
오늘의 역사를!**

평온한 일상에 검은 연기가 피어올랐다. 비유가 아니라 정말 타이어가 타면서 뿜어내는 검은 연기였다. 숙소로 돌아오자마자 뉴스를 켰다. 채널이 1,000개쯤은 나왔다. 집에서 생활하는 시간이 많은 이 지역의 여자들을 위해 흥미로울 만한 모든 채널을 집어넣은 듯했다. 시리아부터 북아프리카, 한국의 KBS까지 볼 수 있었다. 세상을 만날 방법이 TV뿐인 나라에 사는 여자들이 사는 삶은 어떨지 가늠조차 되지 않았다. 21세기가 되어서도 1,500년 전 관습을 따르라 하는 엄격한 이슬람 종교에 대해 좋지 않은 편견을 가지는 것은 이 때문일 것이다.

어렵게 찾는 CNN 채널에서 시위대가 타이어를 태우고 건물을 때려 부수는 자극적인 장면을 내보냈다. 서울의 광화문 광장 격인 베이루트의 무함마드 알아민 모스크 앞, 사람들은 흥분한 채 소리를 지르고 있었다. 푸른 돔을 가진 매혹적인 모스크는 레바논을 상징하는 건물이었다. 그것을 배경으로 시위대의 인파들이 건물의 유리창을 깨부수는 장면은 가히 충격적이었다. 국기를 흔들며 모두 한껏 격양되어 있었다. 우리 호텔은 베이루트와 한 시간 정도 떨어진 도시였으니 주변이 딱히 시끄럽진 않았다. 하지만 오히려 연기만 고요히 피어오르는 정적이 나를 더 불안하게 했다. 우리가 온 날부터 지금까지 손님이라고는 딱 한 팀밖에 없더니 이런 불안한 정세 때문에 그런 것이라 짐작했다. 한국의 인터넷 뉴스와 CNN의 뉴스를 번갈아 가며 지켜봤다. 무슨 일인지 파악을 해야 이곳에서 빠져나가야 할지 말지 판단할 수 있었다.

시민들이 분노한 이유는 세금 때문이었다. 정부는 WhatsApp카카오톡과 같은 메신저 이용으로 국영 통신사의 이윤이 줄어들었으니, 통신세금을 별도로 매기겠다고 발표한 것이다. 불합리한 세금이긴 해도 사람들의 분노가 갑자기 터진 건 아니었다. 예전부터 차근차근 쌓여 온 정부에 대한 불신과 불만이 세금이란 도화선으로 불길이 타오른 것일 뿐이었다. 시위는 걷잡을 수 없이 커지고 있었다. 레바논은 1932년 이후로 정부 차원의 인구조사를 한 적이 없다. 중동에서 가장 많은 기독교인의 비중을 차지하는 나라이지만 인구조사는 종교 비율을 파악할 수 있기도 했으니 사회적 갈등을 유발할 수 있는 문제라 여겨졌다. 그래서 종교를 묻는 것조차 이 나라에서는 실례가 되는 일이었다. 정치체계 역시 독특하다. 1943부터 마론파 기독교의 정당에서 대통령을 뽑고, 총리는 수니파 이슬람 정당에서 뽑고 있다. 국회의 의석수도 기독교와 이슬람교가 정확히 반반씩을 차치하게 되어있다. 그러니 정치를 잘하든 못하든 국민의 생각과 관계없이 끼리끼리 나눠 먹기 체제는 이미 부패할 대로 부패한 것이다. '균형'이라는 핑계로 정부는 국민의 목소리를 듣는 대신 자신들의 욕심만 채우기 바빴다.

중동의 파리라 불리던 베이루트는 개방된 항구인만큼 해외투자도 많이 받으며 부유한 나라였다. 하지만 내전과 이스라엘과의 전쟁으로 나라의 혼란은 더해졌고 해외투자는 빠져나가니 경제는 더욱더 어려워졌다. 높은 물가와 실업률, 거기에 시리아 난민 문제까지 떠안고 있는 국민에게 WhatsApp 세금까지 더 내라고 하는 것은 겨우 울음을 참고 있는 아이에게 때리는 최후의 뺨 한 대와 같았다. 시민들은 더 이상 참지 않았다. 참을 수 없었다.

히샴은 우리와 줄리아를 시위 중인 광장으로 데려다주겠다고 했다. 그는 우리에게 시위대를 직접 보여주고 싶어 했는데, 호텔영업은 안중에도 없고 매일 그곳으로 출근하는 것이 요즘 그의 일과였다. 시위로 장사가 되지 않아서인지, 시위에 나가야 해서 장사를 안 하는 것인지는 알 수 없었다. 이제 사건의 경위를 대충 알았으니, 그와 함께 레바논에 더 머물러도 될지 직접 확인해 봐야 했다. 우리는 지금 위험에 처한 것일까?

택시를 불러 세우는 히샴의 표정이 비장했다. 가는 길목마다 타다가 만 타이어들이 바리케이드가 되어 길을 막고 있었다. 택시는 몇 번이나 방향을 돌려 좁은 골목길을 지나 겨우 광장 근처에 도착했다. 광장의 입구가 가까워질수록 확성기 소리와 음악 소리, 사람들의 함성으로 월드컵 행사라도 열린 것 같았다. 상황을 몰랐다면 우리는 아마 성대한 축제 기간으로 착각했을 것이다. 비좁은 사람들 틈에서 앞으로 나가기 힘들었다. 히샴과 줄리아 뒤를 쫓다가 이내 포기했다. 우리는 정해진 곳에서 다시 만나기로 한 뒤 헤어졌다.

"5시에 저기 던킨도너츠에서 만납시다. 조심해요."

이 말과 동시에 둘은 사람들 틈 사이로 썰물처럼

쓸려나갔다. 순식간이었다. 내 뒤에 길상이가 있는지 재차 확인했다. 시위대 틈에서 길상이와 떨어지고 싶지는 않았다. 몇 년 전 광화문의 촛불집회가 떠오르는 인파였다. 우리는 사람들이 적은 쪽으로 이동하고 나서야 겨우 숨을 놀릴 수 있었다. 높은 담 위에 올라가 주변을 내려다보니 그제야 여러 부류의 사람들이 한눈에 보였다. 푸른 지붕의 모스크 주변으로 목이 터지라고 구호를 외치는 사람들이 시위를 주도했다. CNN에 나오는 모습 그대로였다. 그런데 그 뒤편으로는 시샤^{물담배}를 피며 축제 같은 분위기를 즐기는 사람, 북과 기타를 치며 흥을 돋우는 사람 등 한국에서 종종 일어났던 평화 시위와 아주 많이 닮아 있었다. 뉴스에서 내보낸 과격한 장면이라고는 찾아볼 수 없었다. 군인 몇몇이 눈에 띄었지만, 사위를 통제하기보다는 정부 청사로 가는 길목을 지키는 것이 전부였다. 정작 우리 눈에 들어오는 것은 여자들의 화장과 옷차림이었다. 몸매가 드러나는 가죽 레깅스를 입고 진한 화장을 한 미녀들이 아름다움을 뽐내며 삼나무가 그려진 국기로 몸을 치장한 채 런웨이를 즐겼다. 패션쇼장을 방불케 하는 인파 가운데 한 여학생의 피켓이 눈에 들어왔다. "내일 역사 시험 대신 오늘 새역사를 만들겠다!" 즐거운 표정으로 변화를 꿈꾸며 행진하는 사람들을 보니 활력이 느껴졌다. 어린 학생들까지 목소리를 내기 위해 나왔으니 이 시위는 빨리 사그라들 불꽃이 아니었다. 근처 슈퍼와 빵집은 간단한 피자나 스낵으로 배를 채우려는 사람들로 또 다른 불이 났다. 옥수수를 파는 행상도 오늘만큼은 짭짤한 수입을 올릴 수 있었다. 우리도 잘 썰어진 옥수수 한 컵을 산 다음 급하게 배를 채웠다. 광장은 혼란 그 자체였지만 레바논 여행을 중단할 이유가 될 만큼 위험하진 않다고 생각했다.

TV 뉴스는 보여주고 싶은 것들만 보여주고, 사람들이 보고 싶어 하는 장면만 내보내고 있었다. 평화로운 시위를 이어 나가는 뒷골목의 이야기는 방송되지 않았다. 미디어는 사람들을 불안에 떨게 만든 다음 통제하기 쉬운 쪽으로 끌고 갔다. 여행하는 동안 만난 수많은 외국인은 나의 국적을 듣자마자 하는 말들이 몇 개 있다. "South? North? 한국은 전쟁이 날 것 같은데 불안해서 어떻게 살지?" 나는 지금껏 한국에 살면서 전쟁이 날 것 같다는 불안을 한 번도 겪어 본 적이 없었다. 아마 대부분의 한국 사람이 나와 같은 생각일 것이다. 하지만 언론에서 말하는 남한과 북한은 일촉즉

발의 상황처럼 보일 때가 많아 오히려 우리나라 밖의 사람들이 북한에서 쏘아대는 미사일을 보며 더 불안했을 것이다. 뉴스의 이면을 봐야 하는 이유가 피부로 느껴지는 베이루트의 광경이었다.

광장 한편에는 뼈대만 남은 텅 빈 건물이 있었다. 이스라엘의 폭격으로 흉물스럽게 변한 곳은 전망대였다. 내전뿐만 아니라 이스라엘과 전쟁을 겪은 나라인 만큼 이 광장의 사연은 구구절절하다. 레바논은 서로 다른 종교 때문에 몇십 년을 싸우는 데 시간을 보냈다. 이번에는 편을 가르는 대신 정부를 향해 함께 싸우니 이런 갈등으로 더 나은 미래를 만들 수 있다면 값진 일이었다. 국민은 더 이상 정치인들을 위한 정부에 당하고 있지만은 않겠다는 것을 보여주고 싶어 했다. 우린 던킨도너츠 앞 풀밭에 앉았다. 시위에 지친 사람들은 삼삼오오 모여 휴식을 취했다. 노래를 부르는 젊은 이들 틈에 끼여 생각했다.

"레바논을 계속 여행해도 되겠어."

일곱번째 직장, 키프로스 공화국

귀농 체험판

둘로 쪼개진 나라의
올리브 농장

우리의 세계여행은 계획대로 되지도 않았지만, 구체적 계획이 있는 것도 아니었다. 집을 나온 지 2년이 넘었어도 목적지를 정하는 일은 늘 고민스러웠다. 이럴 땐 내가 머무는 국가에서 가장 싼 비행기나, 배표로 갈 수 있는 곳이 있다면 손쉽게 다음 목적지가 선택되었다. 레바논에서 5만 원짜리 비행기 티켓이면 충분한 남키프로스로 향했다.

키프로스는 특이한 섬나라였다. 전 세계의 분단국가는 대한민국뿐인 줄 알았는데 키프로스 역시 전쟁으로 남과 북으로 분단되어 있었다. 지금까지도 남과 북은 허접한 철조망으로 가로막혀 있었지만, 통행은 자유로웠다. 언제든 여행 갈 수 있고 교류할 수 있었으니, 우리나라와는 그 사정이 조금 달랐다. 키프로스가 위치한 지중해는 눈으로 보기에는 참 아름다운 자연환경을 가지고 있었다. 에메랄드 색깔의 바다 하며 온화한 날씨에 쏟아지는 따뜻한 햇살은 마음마저 풍요롭게 했다. 하지만 농사에 좋은 땅을 가지고 있는 것은 아니었다. 지중해 국가 대부분은 척박한 석회질의 땅으로 곡식농사를 짓기 어려운 환경 때문에 올리브나 포도, 오렌지나 레몬처럼 질긴 생명을 가진 작물을 주로 재배

했다. 오랜 역사의 지중해 무역은 이 특산물과 곡식을 바꾸기 위한 필연적 거래였다. 올리브는 유럽과 지중해 연안의 국가들을 여행하면서 빠질 수 없는 음식 중 하나였다. 지중해의 김치랄까. 우린 올리브 농장에서 일해 보기로 했다.

호스트인 데니즈는 일할 지원자가 많으면 많을수록 좋다고 했다. 나는 이집트 다합에서 만난 에디션 부부에디 오빠, 션 언니 둘을 합쳐 에디션이라 불렀다에게 함께 일해보지 않겠냐고 제안했다. 둘은 선뜻 미끼를 물었다. 2주 기간을 약속하고 키프로스의 남에서 북으로 넘어갔다. 여권을 간단히 확인하고 어설픈 국경을 건너니 우리 넷은 북키프로스에 와 있었다. 그 경계선 너머에는 우리를 마중 나온 데니즈가 기다리고 있었다. 한국인에게는 싱거운 월북이었다. 어둑한 밤이 되어서야 일터인 올리브 농장에 도착했다. 밤이슬이 촉촉이 내려앉은 뒤였다. 집에는 고양이와 강아지 두 마리, 양 한 마리가 있었는데 데니즈를 졸졸 따라다니며 애정을 갈구했다. 양의 이름은 케밥이었다. 아직 어린 양에게 케밥이라는 이름이 잔인했지만 어쩔 수 없는 숙명이기도 했다. 이동하느라 때를 놓친 식사를 하기 위해 마트에서 급하게 골라온 음식을 뒷마당의 큰 식탁 위에 풀어놓았다. 마당에는 어둠을 밝히는 반짝이는 조명 사이로 등나무 넝쿨이 늘어져 있었다. 멋스러운 분위기와 약간 쌀쌀한 듯한 온도에 가을밤의 정취가 물씬 풍겼다. 일터에 무사히 왔다는 안도감과 며칠 머물 십이 생겼다는 안정감에 긴장이 풀렸다. 대가족이 결성되어 우리는 밤늦도록 둘러앉아 먹고 마시며 농장에서 할 일을 의논했다. 하루 5시간, 5일. 특이한 것은 쉬는 날이 월요일과 화요일이었다. 오전 업무가 끝나면 우린 늘 그렇듯 자유인이 되는 조건이었다.

아침이 되었다. 에디션은 일찍부터 일어나 터키식 카발트아침식사를 준비하고 있었다. 이 부부는 어딜 가나 부지런했다. 빵과 잼, 홍차, 치즈, 올리브 등등 수십 개의 정갈한 접시를 식탁에 차렸다. 지난밤의 저녁보다도 더 풍성한 밥상이었다. 남키프로스는 그리스의 문화를, 북키프로스는 터키의 문화를 가지고 나뉘어 진 것이 아침식사를 통해 여실히 느껴졌다. 데니즈는 닭장에서 막 꺼낸 달걀로 프라이를 만들고 주전자 두 개를 겹쳐 향긋한 터키식 홍차를 끓여줬다. 상쾌한 공기와 함께 시작하는 농장의 삶은 여유로우면서도 낭만으로 가득해 보였다. 올리브 밭으로 들어가기 전까지 나는 그렇게 생각했다.

든든한 아침을 먹었으니, 올리브를 따러 갈 채비를 했다. 꽤 큰 규모의 밭에는 거인처럼 커다란 올리브 나무와 무화과나무가 줄지어 서 있다. 한 아름도 넘는 나이 많은 나무들이었다. 빼곡한 잎사귀들 사이에 푸르고 까만 올리브가 주렁주렁 달렸는데, 한국의 대추와 비슷해 보였다. 올리브 수확 철을 맞아 옆집 할머니들까지 동원되었다. "나무에 달린 것을 따기 전에 바닥에 떨어진 것부터, 한 알도 빠짐없이 주우세요." 바싹 말라버린 것까지 남김없이 주워 방앗간에 보내면 신선한 올리브 오일이 콸콸 쏟아져 나올 것이라 했다. 우리 넷은 땅만 보며 성실하게 줍는 데도 할머니들의 마음에 쏙 들기는 어려웠다. 그녀들은 우리의 뒤꽁무니를 쫓으며 올리브를 꼼꼼히 주워야 한다고 몇 번이나 같은 말씀을 하셨다. 내 눈에는 보이지 않는 올리브가 할머니들 눈에만 보이는 것일까? 잔소리에 질릴 때쯤, 이 정도면 밥 먹을 시간이 되었으려나? 하고, 시계를 보니 한 시간이 조금 지나 있었다. 이럴 수가! 다리는 저리고 반복된 작업은 지겹기만 했다. 내 뒤를 추격해 오는 할머니들에게 혼나지 않으려 최선을 다하는 중이었는데 그럴수록 시간은 더디게 흘렀다. 새참 시간이 왔다. 데니즈가 만들어 온 시원한 레모네이드를 단숨에 마셔버렸다. 에디 오빠는 "천천히 마셔! 빨리 마시면 일하러 가야 하잖아."라며 눈치를 줬다. 역시 연륜에서 나오는 지혜는 달랐다. 이미 바닥을 드러낸 컵을 야속하게 바라보다 고개를 젖혀 마지막 방울까지 입안으로 털어 넣었다. 아! 달다.

며칠 쭈그리고 앉아 올리브를 줍는 것에 벌써 지쳤다. 넷은 머리를 맞대고 계란판에 방석을 붙여 한국식 농촌 의자를 만들었다. 한국에서는 흔하디흔한 의자를 흉내 낸 것을 보고 북키프로스 할머니들은 손뼉을 치며 칭찬 일색이었다. 엄지손가락을 치켜세우시며 "너희들 정말 머리가 좋다!"고 외쳤다. 새로운 신문물에 우리가 천재쯤 되는 줄 오해하신 것 같았다. 기분 좋은 오해였으니 의자의 유래와 출처는 함구했다. 도구의 편리함을 맛보니 '일을 좀 편하게 할 수 있는 다른 도구가 있으면 훨씬 좋을 텐데'라는 생각이 머릿속에서 떠나질 않았다. 무작정 줍기만 하는 일은 몸이 너무도 힘들었다. 바닥의 올리브를 거의 다 주워 갈 때쯤 드디어 도구 하나를 손에 넣었다. 빗처럼 생긴 갈고리를 들고 나무에 올라가 주렁주렁 열린 올리브를 빗어냈다. 바닥에는 큰 비닐을 깔고 후두두 올리브 소낙비를 만들었다. 쭈그리고 앉아서 하는 일보다는 훨씬 할 만했다. 며칠간 주운 올리브보다 몇 배 많은 양을 수확했다. 진작에 이것만 주셨더라도 우린 수월하게 일했을 텐데.

5일만에 가득 찬 올리브 상자들이 산더미처럼 쌓였다. 데니즈와 함께 이것들을 차에 실어 동네 방앗간으로 갔다. 그녀는 어떻게 올리브 오일이 만들어지는지 우리에게 보여주고 싶었다. 집집마다 상자 가득 따온 푸르고 검은 알알들이 방앗간 앞으로 줄을 서서 자기 차례를 기다렸다. 우리나라 참기름 방앗간 못지않았다. 우리 순서가 되자 그동안 수확한 소중한 올리브는 기계 속으로 일제히 와르르 쏟아졌다. 올리브는 반질반질하게 씻기고, 푹 쪄진 다음 걸쭉하게 갈려 기름으로 짜지는 과정을 거쳤다. 공정의 마지막 단계에서 우리의 오일이 쏟아지길 기다렸다. 따뜻한 오일이 콸콸 쏟아지자마자 손가락을 쑥 내밀어 한 번씩 찍어 먹었다. 농부의 마음이란 이런 것일까? 맛은 잘 모르겠지만 뿌듯한 그 마음만은 이해할 수 있었다.

점심을 먹고 일을 마쳤으니 길을 나서야 하는데 피곤한 탓에 꼼짝 하기가 싫었다. 오랜 여행으로 체력이 참 좋아졌다고 자신했다. 매일 만 보에서 이만 보를 걸으니 살에 탄력이 생겼고 웬만한 트레킹에는 숨도 차지 않았는데, 농장 일은 달랐다. 피곤을 이기지 못하고 뒷마당 해먹에 누워 고양이를 배에 올려놓은 채 낮잠이 들었다. 깔끔한 에디션 부부는 땀 흘린 옷을 세탁하고 샤워까지 하고 나서야 겨우 여유를 찾았다. 낭만적일 줄 알았던 농장의 생활은 생각보다 중노동이었다. 남편은 여행이 끝나면 시골로 내려가 귀농하는 것이 어떨지 입버릇처럼 말했었다. 하지만 이번 올리브 농장에서 하는 고작 잠깐의 농사 체험으로 귀농의 꿈은 쏙 들어간 지 옛날이었다. 역시 해보기 전까지는 알 수 없었다.

아무것도
우리의 열정을
막지 못해

"이번 주 예약이 100명이야! 100명!"

데니즈는 들떠 있었다. 사업수완이 좋은 그녀는 토요일, 일요일 이틀만 주말 레스토랑을 운영했다. 이제부터 농장 일은 넣어두고 주방 일을 도와야 했다. 이곳의 전천후가 되어가고 있었다. 그녀는 우리에게 업무 분장을 하기 위해 고심했다. 나름 넷의 특성을 고려해 자리가 정해졌다. 나와 션 언니는 주방에서 터키식 카발트ᴬᴾᴬᴹ에 들어가는 기본 구성을 만들기로 했다. 빵과 소시지, 달걀 후라이를 튀기고, 오이와 토마토를 썰어내고 마지막으로 치즈와 올리브까지 한 쟁반에 담아내면 되는 간단한 일이었다. 에디 오빠는 안타깝게도 식당 설거지 업무에 당첨되었다. 행운의 길상이는 바리스타 자격증이 있다는 이유로 식당 바에 서서 터키식 커피를 만들고 레모네이드 제조를 담당했다. 역시 사람은 기술이 있어야 한다. 올리브를 함께 따던 할머니들도 하얀 주방 모자를 하나씩 쓰고는 뷔렉터키식ᴹᴬᴺᴰᵁ반죽을 하고 양고기와 감자를 초벌로 구워냈다.

무화과나무 아래 테이블을 배치하고 식탁보까지 예쁘게 깔았다. 싱그러운 햇살, 푸르른 나무, 테이블

위로 반짝이는 식기들은 어느 고급레스토랑 못지 않은 분위기를 자아냈다. 여행을 다니며 매일 가는 곳이 식당과 카페였다. 뭔가 좋은 곳을 보면 "여기 카페 차리면 잘될 것 같은데?"라는 생각을 빠지지 않고 했었다. 관광객이 몰리는 곳에는 물만 팔아도 잘 팔리는 법이니까. 경치 좋은 모퉁이 자리에 눌러앉아 커피를 팔며 여생을 보내는 계획은 우리 대화의 단골 주제이기도 했다. 길상이는 이렇게 큰 레스토랑의 카페 바를 운영하게 되었으니, 소원의 절반은 이뤄보는 셈이었다. 이제 내일 올 손님을 기다리기만 하면 된다. 식당 일이 뭐 그리 어렵겠어?

결전의 날, 아침을 든든히 먹고 레스토랑 주방으로 출동했다. 전운이 감돌았다. 우리 넷은 비장했다. 100명이라는 숫자에 쫄리긴 하지만 우리도 만만치 않다고 자신했다. 긴장을 풀기 위해 콧노래를 흥얼거리며 내자리의 집기와 음식 위치를 다시 한 번 외웠다. 떠들썩한 소리와 함께 손님이 하나둘 입장하기 시작하더니 주방은 점점 아수라장이 되어갔다. 한번 꼬인 손은 오이를 썰다가 빵 뒤집는 때를 놓쳤고, 올리브를 담아내다가 빵을 태우길 반복했다. 나와는 달리 션 언니는 침착하게 소시지를 굽고 달걀프라이를 튀겼는데 마치 기계를 보는 듯했다. 할머니들은 션 언니의 일솜씨를 마음에 들어하며 올리브를 주울 때와는 다르게 입이 마르도록 칭찬했다. 길상이는 마치 몇 년 동안 이 바의 주인이었던 것처럼 터키말로 주문을 받았다. 물론 음료 이름 몇 가지만 외우면 되는 것이겠지만 주방에서 보는 남편의 뒷모습은 그렇게 멋있을 수가 없었다. 반면 에디는 식당 뒤의 싱크대에서 꼼짝없이 인간 식기세척기가 되어가고 있었다. 레스토랑의 손님은 절정으로 치달았다. 주문은 밀려들다 못해 순서가 엉키기 시작하더니 할머니와 데니즈 사이에는 싸움이 났다. 서빙하는 사람은 데니즈 한 사람뿐이었다. 그녀는 주방 문을 벌컥 열고 들어와서는 준비되지 않은 음식에 짜증을 냈는데 할머니 역시 이에 참지 않고 주문이나 제대로 받으라는 듯 맞받아쳤다. 살벌한 분위기에 나는 빵을 굽다가도 급한 대로 쟁반을 들고 서빙을 위해 뛰어나갔다. 다급한 마음을 숨기고 천천히 걸었다. 잠깐 싱그러운 바깥 공기를 마셨다. 야외 레스토랑은 우아한 파티장이 따로 없었다. 손님들은 내리쬐는 햇살이 만들어 내는 나무 그늘에서 음식을 오물거리며 웃음꽃을 피웠다.

주방 안의 전쟁은 끝날 기미가 보이지 않았다. 머리에 쓴 주방 모자 사이로 땀이 흘러나왔다. 점심시간이 훌쩍 지났지만 밥은커녕 물 한 모금도 마시지 못했다. 길상이 표 레모네이드를 한잔으로 목을 축인 뒤 에디 오빠가 걱정되어 창고로 갔다. 그는 산더미같이 쌓인 설거지를 식기세척기에 맨손으로 옮기고 있었다. 오빠는 화가 단단히 난 얼굴로 쉬지 않고 손이 불어 터지도록 일했다. 때려치울 법도 한데 말없이 일만 열심히 할 뿐이었다. 나는 괜히 이 사달이 난 것이 미안해져 오늘이 무사히 지나기만을 기도했다.

오후 4시. 손님들이 빠져나간 빈 테이블을 정리했다. 우린 정신이 반쯤 나간 상태로 긴장이 풀려 서로의 얼굴을 쳐다보며 헛웃음을 지었다. 주방의 할머니들과 데니즈 모두 똑같은 표정을 하고 있었다. 개업 이래 이렇게 사람이 많이 온 것도 처음이라 했다. 이게 무슨 날벼락인가. 식당 일을 조금 돕는다고 생각했는데 문전성시를 이루는 손님들을 맞이할 줄은 상상도 못 했다. 누가 맛집이라고 소문이라도 낸 걸까? 하필 이번 주에? 하루 종일 서서 설거지만 한 에디 오빠는 유독 지쳐 보였다. 고생의 순위를 따지자면 단연 에디가 일등이었다.

　"종업원을 구해서 시킬 일을 우리한테 시킨 거야. 이 정도면 숙식이 아니라 돈을 받아야 한다고." 에디의 말이 맞았다. 노동의 강도가 너무 세서 여행할 힘이 남아 있지 않았다. 에디는 쭈글쭈글 하얗게 불어 터진 자신의 손을 보더니 데니즈에게 따질 말이 있다는 듯 걸어갔다. 결국 올 것이 왔다. 그만두는 것인가? 농장에서 탈출할 때가 왔나? 에디는 불어터진 손을 활짝 펴 보이며 말했다.

　"고무장갑 사줘."

　나는 웃음이 터졌다. 바보같이 성실한 에디, 올 것이 오기는커녕 더 효율적으로 일을 하겠다고 고무장갑을 사 달라고 했다. 100을 시켰더니 200을 해보겠다는 오빠가 어이없었다. 반면에 길상이는 여유로운 미소를 지으며 레스토랑의 간판 바리스타를 자처했다. 마른행주를 한 손에 쥐고 컵을 돌리며 물기를 닦는데 왜 멋있지? 본인이 고급 인력이라는 것을 아는 듯 저 의기양양한, 자부심의 미소, 그렇다고 너무 대놓고 티

내진 않는 겸손. 오늘처럼 남편이 부러웠던 적이 없었다. 복 있는 자식. 할머니들과 데니즈는 이틀간 머슴처럼 일한 우리에게 무척이나 고마워했다. 여자만 넷뿐인 이 집에서 이들은 어쩌려고 일을 벌인 것인지 모르겠다. 주말 이후 할머니들은 우리가 농장에 더 머무르면 어떨지 넌지시 우리 마음을 떠보려 했다. 데니즈는 우리가 머물고 싶은 언제까지나 이곳에 있어도 좋다고 했지만, 우리 넷은 주말 레스토랑을 떠올리며 동시에 손사래를 쳤다.

휴무 날이 되자 우린 드디어 농장을 떠나 자유를 찾았다. 내내 이어진 고된 노동의 피로를 한 번에 날리려는 듯 차를 빌려 이곳저곳을 달리며 북키프로스를 돌아봤다. 지중해 해산물 요리를 실컷 먹고 과자 쇼핑을 하면서 역시 노는 것이 최고다! 라고 생각하며 집으로 돌아왔다.

지금까지의 일자리 중 어느 것 하나 힘들지 않은 일은 없었다. 일터에서 단점을 찾으라 하면 수십 가지도 찾을 수 있었다. 그럼에도 계속 일을 해야겠다고 생각하는 건 여러 가지 이유가 있었다. 가족의 일부분으로 살다 보면 이 나라가 더 자세히 보였다. 귀로 들어서 아는 게 아니라 자연스레 겪으면서 알게 되었다. 일을 통해 그곳의 사람들을 이해하게 되는 것이다. 인터넷 검색으로는 조금 알기 힘들고, 너무 사소해서 주목하지도 않던 문화나 사고방식 같은 것들. 그런 경험의 기억들은 좀처럼 잊히지 않았다. 이건 시간에 비례하는 것이기도 했고, 어떤 목적을 이루려고 함께 노력하는 과정에서 싹트는 우정이나 전우애, 소속감 같은 것이기도 했다. 우린 그렇게 만난 사람들을 두고두고 기억하며 그곳을 떠난 후에도 궁금해했다. 평범하고 유명하지 않은 작은 시골 마을조차도 특별한 추억으로 간직했다. 결국 여행은 어떤 장소가 궁금하기도 했지만, 그곳에 사는 사람들이 궁금하기도 한 것이었다. 좋은 사람, 새로운 생각을 가진 사람, 나와 다른 시각으로 보는 사람들을 많이 만나고 깊게 알고 싶었다. 워크어웨이는 그런 갈망을 정확히 채워주었다. 그리고 그런 취향인 나를 보여주었다. 무엇을 좋아하고 무엇을 잘 못하는지 말이다.

2주간의 일을 마치며 에디션은 원래 워크어웨이가 이렇게 힘든 일이었냐고 투덜댔었다. 나는 그 말에 "저도 이렇게 힘든 일은 처음이라고요. 이럴 줄 알았으면 안 왔을 수도 있었다고요!"라고 답했다. 사실이었다. 하지만 일이 다 끝난 마당에 돌아보면 나는 또 일자리를 구할 것이라는 걸 알고 있었다. 아직 해보지 못한 새롭고 재밌는 일들이 너무도 많았다. 그들 속으로 또 들어가 보고 싶은 충동을 느꼈다.

"다음 일은 뭘 해볼까?"
"조금 덜 힘든 거. 농장 말고!"

"종업원을 구해서 시킬 일을 우리한테 시킨 거야.
이 정도면 숙식이 아니라 돈을 받아야 한다고!"

여덟번째 직장, 터키 이스탄불

어서오세요. 여행가이드와 민박집 주인입니다.

한 번 살아봐도 될까요?

한 도시가 마음에 들 때마다 우린 같은 질문을 했다. "여기 살아보는 건 어때?" 날씨, 친절한 사람, 봐도 봐도 질리지 않을 것 같은 풍경, 저렴한 물가. 여행자의 시각으로 좋은 이유는 여러 가지였다. 하지만 외국인의 재산권, 치안, 비자, 먹고 살 만한 직업까지 고려하면 극복할 수 없는 문제점도 있기 마련이었다. 유토피아라는 것은 애초에 불가능하니 우리답게 살 수 있는 곳이면 충분했다. 생활 리듬이 느리고, 까탈스럽지 않은 사람들이 살며, 완전한 도시도 아니면서 농촌도 아닌 곳, 바다를 끼고 있으면서 따듯한 계절이 긴 곳. 이 정도에 합의하고 있었다. 여행을 시작한 지 2년이 훌쩍 넘게 되자 이 질문에 대한 답을 찾고 싶은 조바심이 났다. 통장 잔액에 빨간 불이 들어왔기 때문이기도 했다.

불가리아에서 버스를 타고 국경을 넘어 이스탄불로 들어왔다. 아직 해가 뜨지 않은 새벽이었다. 트램을 타고 블루모스크가 있는 광장 근처의 작은 호텔로 향했다. 체크인 시간이 다섯 시간이나 남은 이른 새벽이었지만 직원은 귀찮은 기색도 없이 당연하다는 듯 방을 내주었다. 모두가 그렇다고 할 순 없겠지만 내가 만났던 대부분의 터키인은 친절했다. 형제의 나라라 칭

하며 한국을 반겨주는 이들의 친절함과 멋진 관광지들은 우리를 이곳으로 끌어당겼다.

꿀 같이 달콤한 잠을 잤다. 점심시간이 되어서야 갈매기 소리가 섞인 아잔소리_{이슬람교에서 신도들에게 예배를 알리는 소리}에 눈을 떴다. 정신을 차리기 위해 창문을 열었다. 바다를 사이에 두고 맞은편 아시아 대륙이 한눈에 보였다. 모스크의 첨탑인 미나렛들이 리듬감 있게 오르락내리락하는 풍경이 펼쳐졌다. 짙은 청록색의 바다에 따스한 햇살까지, 불가리아에서 떨며 견뎠던 겨울 날씨가 가을로 후퇴했다. 시작부터 마음에 들었다. 콘스탄티노플, 이스탄불. 부르는 이름에서부터 역사가 느껴졌다. 오스만 제국이 되기까지 콘스탄티노플에 들어오기 위해 이 땅은 얼마나 많은 전쟁을 겪었던가. 우리는 전쟁 없이도 버스를 타고 들어와 깨끗한 침대에 누워있었다. 평화로운 시대에 살고 있다는 것이 새삼 행운스럽게 느껴졌다. 여기에서 가장 먼저 할 일은 무라트를 만나는 것이었다. 케냐 음팡가노 섬에서 만난 인연은 이스탄불로 이어졌다. 그는 아시아 대륙에 살고 있었다. 동서양의 교차로답게 나는 유럽 땅에서 지하철을 타고 아시아 대륙으로 넘어갔다. 꽃집에 들러 터키 도라지꽃, 리시안셔스도 한 다발 샀다. 어떤 선물이 좋을지 고민 될 때 꽃만큼 좋은 답은 없다.

부모님과 같이 살고 있는 40대의 무라트는 본인을 집안의 골칫거리 노총각이라 소개했지만 사실 스스로 떠돌이 삶에 만족했다. 그의 창문으로는 푸른 바다와 맞은편 유럽 대륙이 액자에 표구해 놓은 것 같은 또렷한 정면이 보였다. 무라트 어머니는 챠이홍차와 시미트깨를 잔뜩 바른 도넛처럼 생긴 빵를 내어오셨다.

"메르하바, 낫소 순"안녕하세요. 잘 지냈어요?

북키프로스에서 배웠던 터키어 몇 마디를 자연스레 나누었다. 무라트는 우리의 터키어 실력에 깜짝 놀랐다. 우리가 온다는 말에 무라트의 형과 그의 딸이 왔다. 중학생 아이는 BTS의 팬이었다. 우리가 BTS에 대해 아는 건 쥐뿔도 없었지만 같은 나라 사람이란 이유만으로 환대받는 것 같아 K-POP에 고마웠다. 무라트의 형은 딸에게 학교에서 배운 영어를 말해보라며 허벅지를 쿡쿡 찔렀다. 전형적인 한국 부모님 모습에 '괜히 형제의 나라가 아니었네!'라고, 속으로 생각했다. 날이 어두워질 때까지 수다를 떨었다. 할 얘기가 끊이지 않았다. 어둑해진 실내에 불을 켜야겠다 생각이 들 때쯤 이스탄불에 사는 것도 괜찮겠다는 마음이 갑자기 생겨났다. 살고 싶은 곳이 생기면 이런 확신이 들 것 같다고 생각했는데 정말 그랬다. 지금까지의 좋은 인상들 때문이었는지 그런 막연한 결심이 선 것이다. 의지할 만한 사람도 있는 아름다운 도시였으니 시도해 볼 만했다. 나는 무라트에게 내 생각이 어떤지 물었다. 그는 당황한 기색도 없이 무릎을 딱 쳤다.

"아주 좋은 생각이에요. 이스탄불은 정말 멋진 도시거든요!"

몇 달 전 곤두박질친 환율은 아직도 회복되지 않아 한국에 비하면 아주 저렴한 금액으로도 내 집 마련을 할 수 있었다. 당장 내 집은 아니어도 적어도 일 년 살아보고 결정하면 될 것이었다. 나는 혹시나 모를 정착을 위해 취업사이트에 올라온 터키에 위치한 여행사의 구인 공고에 이력서를 제출했다. 지금까지 일을 하며 다녔으니 이번에도 다를 것은 없었다. 가벼운 마음으로 일할 기회가 주어지길 기다렸다. 취업이 되면 정식으로 집을 구해보기로 하고 터키 내륙을 여행했다. 이스탄불이 아닌 시골 마을들은 이방인에게 더 따듯했다. 어디를 가든 차를 먼저 대접하면서 먹을 것을 나누어 주었다. 남자들은 호탕하면서 베풀기 좋아했고, 여자들은 웃음이 많고 푸근했다. 역시 어떤 나라든 제일 인상 깊은 것은 사람들이었다. 매일 좋은 사람들을 만나면서 터키에 사는 것이 좋겠다는 결심은 확고해졌다.

우리는 어느 지역을 가든 몇 백년씩 오래된 목욕탕을 들렀다. 내부로 들어서면 그 세월을 증명이라도 하듯 반질반질하게 마모된 대리석이 손님을 반겼다. 수도꼭지 자리 하나를 차지한 뒤 뜨겁게 달구어진 대리석 위에 올라가 몸을 지지면 피로가 녹아 내렸다. 몸이 적당하게 불으면 까슬한 천으로 때를 밀고 비누 거품 마사지를 받았다. 노곤한 몸으로 나와 긴 의자에 누워 시원한 레몬 탄산 한잔을 마시면 천국이 따로 없었다. 하맘목욕탕은 단연 터키에서 내가 제일 좋아하는 것 중 하나였다. 이 나라의 매력은 셀 수 없이 많았다. 늦은 시간까지 영업하는 카페, 달콤한 디저트와 터키쉬 딜라이트, 아기자기한 램프들까지. 시간이 어떻게 흐르는지도 잊은 채 지내고 있었다.

[서류 통과되었습니다. 내일 영상통화로 면접 가능 할까요?]

카파도키아를 여행하는 도중 문자를 받았다. 설마 했던 여행사에서 1차 합격의 문자가 왔다. 직장생활을 다시 할 수 있을 거라는 김칫국을 마시고는 긴장이 되어 밤새 잠을 설쳤다. 다음날 스마트폰 화면을 통해 30분 동안 면접을 보고 나니 왠지 진짜 합격할 것 같은 느낌이 들었다. 내가 가이드가 될 수도 있다니? 마음이 들떴다. 정말 터키에 살게 되는 것일까?

"우리 정말 이스탄불에서 살아 볼까?!"

나는 카파도키아의 협곡을 걷고 또 걸으며 길상이와 이스탄불에서 어떻게 살지 고민했다. 아무리 고민해도 살아보기 전까지는 모를 일이었다. 바위 사이사이 구멍을 파 놓은 성당과 집, 데린쿠유의 지하도시까지 보고 나니 이런 곳에도 사람들이 살았는데 이스탄불은 어찌 되었든 훨씬 더 살기 좋은 곳이라는 생각이

들었다. 옛사람들의 고난의 유적지에서 용기를 얻었다. 내가 취직을 하면 길상이는 뭘 해야 할까? 그 질문에 대한 답은 길상이만이 알고 있었다.

"넌 뭘 하며 살고 싶은데?"

"나는 셰어하우스를 해볼래! 집안일 하는 것도 좋고, 요리하는 것도 좋아하잖아. 그리고 지금껏 얼마나 많은 곳이 우리 집이었는데, 진짜 우리 집은 더 잘 만들 수 있지."

자신만만해하는 길상이를 보며 또 한 번 용기를 얻었다. 그리고 며칠 뒤 최종 합격 통보를 받았다. 여행 가이드가 되기로 했다.

이번 일도
할 수 있습니다

출근까지 아직 한 달의 시간이 있었다. 그런데도 좋은 집을 빨리 구해야 된다고 생각하니 마음이 조급했다. 터키 남동부의 메소포타미아 평원에 자리 잡은 마르딘에서 하던 여행을 정리하고 서둘러 이스탄불로 돌아왔다. 아직 백수인 무라트는 흔쾌히 우리가 정착할 집을 구할 수 있도록 돕겠다고 했다. 1월의 이스탄불은 매일 비가 오는 추운 날씨였다. 살기로 마음먹던 한 달 전쯤만 해도 화창한 초가을의 날씨였는데, 남쪽 여행을 하고 왔더니 다른 색깔의 이스탄불이 되었다. 갑자기 속은 기분이 들었다. 낡은 운동화는 계속되는 비에 입이 벌어졌다. 하지만 집만 생기면 이 모든 것들은 간단히 해결될 수 있을 것 같았다. 집, 집, 집만 있으면 된다.

몇 군데의 후보지를 둘러보고 나니 이스탄불 부동산 스타일이 보였다. 나는 그중 오래된 40평의 큰 아파트를 1년간 빌리기로 마음먹었다. 이 집의 좋은 점은 위스퀴다르 항구와 가까워 유럽대륙으로 이동하기 좋을뿐더러 해산물 시장과 오일장이 바로 근처에 열렸다. 보스포루스 해협이 보이는 바다 전망이면 더없이 좋겠지만 그 대신 시끌벅적한 중학교 교실이 보였다. 건물은 낡아 부서진 부분이 꽤 있긴 해도 99년 이스탄불 대지진을 견뎌낸 튼튼한 집이었다. 무라트도 이 정도면 꽤 쓸만한 집이라 말해주었다. 방 두 개는 셰어하우스로 쓰고 작은 방 하나를 우리가 쓰면 될 것 같았다. 길상이도 직장이 생기기 직전이었다.

영어는 한마디도 할 줄 모르는 부동산 중개업자, 주인과 계약하는 일은 보통 일이 아니었다. 외국인은 월세를 내지 않고 도망가거나 집을 엉망으로 만든다는 이유로 집을 빌려주기를 꺼렸기 때문이다. 결국 집을 팔고 싶은 부동산 사장님이 나서서 문제를 해결해주었다. 계약서를 쓰기까지 무라트는 매일매일 부동산업자를 만나 계약을 확인하고 수정해 줬다. 그가 떠돌이 백수라 다행이라는 생각까지 들었다. 음팡가노에서 싸우지 않길 잘했다. 그가 없었다면 집을 구하는 과정에서 포기하고 나가떨어졌을 것이다. 음팡가노에서만해도 무라트가 매일 하던 잔소리가 귀찮았었는데 인연은 정말 우습게 볼 일이 아니었다. 어디서 어떻게 내가도움을 받게 될지 모르는 일이었다. 곰곰이 생각해 보면 여행 내내 도움을 받지 않은 적이 없었다. 돈이라는이익을 떠나 지금껏 받은 그들의 선의와 호의는 우리가 앞으로 나아갈 수 있도록 했다. 당연한 친절이 아니었다. 그 과정에서 누군가의 따듯한 마음과 작은 도움들이 없었다면 나는 진작에 세계여행을 포기했을지도 모르는 일이었다.

1년 치 월세를 내고 나니 열쇠 꾸러미와 함께 십은 바로 우리 것이 되었다. 뭉클했다. 이삿짐이라고는 배낭뿐이었다. 방 세 개와 큰 거실이 하나 있는 집은 둘이 살기에는 매우 컸지만, 손님으로 채워지면 그리 큰집도 아니었다. 아직은 아무것도 없는 바닥 위에 침낭을 깔고 잘 준비를 했다. 이스탄불에 1년간 머물 우리집이 생기다니. 이곳과 정말 사랑에 빠졌다. 쉽게 잠들수 없는 설레는 밤이었다.

집이 있으니 짐으로부터 해방되었다. 여행자에게쇼핑은 늘 고민스러운 일이었다. 갖고 싶은 물건은 결국 어깨 위로 올라가 내가 견뎌야 하는 무게가 되었다. 욕심을 부렸다가는 어깨와 허리가 망가질 게 뻔했다. 갖고 싶은 욕망의 물건이 아니라 생존에 필요한 것만사는 게 현명하다. 이런 짐의 무게에서 한순간에 해방되고 나니 사고 싶은 물건이 넘쳤다. 이럴 때일수록 정신을 바짝 차리고 꼭 필요한 물건의 목록을 만들었다.

첫 출근을 위해 깔끔한 스웨터와 코트, 신발 하나를 사고 헤지고 낡은 옷들은 모두 쓰레기통으로 들어갔다. 옷걸이에 걸린 새 옷을 보고 있으면 출근이 두근거리던 신입사원 시절이 새록새록 생각이 났다.

검은색 구두를 신고 이른 아침 집을 나섰다. 새벽 공기가 시원했다. 9 to 6의 삶. 몇 년 전까지만 해도 이렇게 직장을 다녔었는데 그 기억이 가물가물했다. 내가 사는 아시아 대륙에서 회사가 있는 유럽대륙까지 두 개의 해협을 건넜다. 그중 한 번은 땅 밑으로 한 번은 다리 위를 건넜다. 배를 타고 출근할 수도 있었지만 배는 왠지 먼 길을 떠나는 느낌이 들어 바쁜 아침 시간에는 꺼려졌다. 지하철은 해협을 연결하는 다리 위에 한 번 정차했다. 할리치 역이었다. 큰 창으로 바다와 모스크, 붉은 해가 동시에 들어왔다. 붐비는 사람들 사이로도 햇빛은 꾸역꾸역 비집고 들어와 새 아침의 밝음을 선물했다. 퇴근길 저녁의 할리치역은 또 달랐다. 하루가 끝났다는 것을 위로하듯 불그스름한 노을이 펼쳐졌다. 꾸벅꾸벅 잠이 들었다가도 '할리치'라는 안내방송에 눈을 번쩍 뜨고 창밖을 내다봤다. 일상에서 여행자의 기분을 느끼는 찰나였다. 푸르게, 때로는 붉게 매일매일 다른 하늘의 빛깔이 그 순간만큼은 온전히 내 것이라는 생각이 들었다.

　가이드 교육은 두 달이었다. 주 5일 같은 자리에 앉아 역사 공부를 하는 일은 적성에 맞았다. 역사를 옛날이야기처럼 내 식대로 풀어내는 과정은 재미있었다. 문제는 사람들에게 설명하는 것이었다. 사람들 앞에 나서서 얘기하는 것에 썩 자신은 없었지만, 서대문형무소에서 2년간 역사 해설을 했던 기억을 떠올렸다. '그때와 다를 것 없어.' 나 스스로 자신감을 불어넣으려 애썼다. 터키어도 매일 한 시간씩 공부했다. 한국어에 능통한 직원 한 명이 이곳에서 필요한 말들을 가르쳐 주었는데 그날 몇 마디를 배우고 나면, 식당에서 몇 마디를 할 수 있을 정도가 되었다. 주로 숫자를 말하는 일이었지만 배운 말들을 바로 써먹으니, 터키어가 빨리 늘었다. 나와 함께 가이드를 준비하던 사람들은 마카오와 필리핀에서 가이드 경력이 있던 남자 직원들이었다. 그들에 비하면 나는 맨땅에 헤딩하는 초짜 중의 초짜였다. 사장님은 왜 날 뽑았을까? 모두가 날 보며 그런 의문을 가졌다. 무엇하나 가이드로서 증명해 낼 수 있는 게 없었으니 당연했다. 나중에 사장님은 이렇게 말했다.

"성훤씨가 제일 절실해 보였어요."

가이드를 업으로 삼는 사람에게 가장 중요한 자질은 '절실함'이라 했다. 수많은 면접자 중에 경력도 없이 덤비는 모습이 제일 절실해 보였다는 것이다. 그 하나의 이유로 나는 채용되었다. 그는 나를 막상 뽑아 놓기는 했지만 내가 손님들의 기에 눌릴 것 같다며 걱정을 내비쳤다. 사실 제일 걱정하는 사람은 나 자신이었지만 의연해 보이려 했다. 몇 번의 면담 끝에 사장님은 가이드 대신 사무실에서 일하는 것도 괜찮다 했다. 물론 솔깃했다. 큰 벽을 피해 갈 기회였다. 사무실 일이 더 안정적이기도 할 텐데. 하지만 가만히 생각해 보니 이 낯선 이스탄불에서 안정을 찾는다는 것이 웃기는 일이었다. 모험하고 싶은 여행이었으니 가이드는 당연한 선택이었다. 해보지도 않고 포기하는 건 자존심이 상하기도 했다. 처음엔 당연히 엉망진창이지 않을까? 처음부터 잘하는 사람이 오히려 비정상이지. 사장님은 그 절실함을 생각하며 잘해보라 격려했다.

푸르게, 때로는 붉게 매일매일 다른 하늘의 빛깔이
그 순간만큼은 온전히 내 것이라는 생각이 들었다.

낮을 가리는
호스트

내가 회사에 출근하는 동안 길상이는 셰어하우스에 필요한 것들을 사기 위해 정신없이 뛰어다녔다. '0'에서 시작하는 살림이니 사야 할 것들이 많았다. 여행자라면 배낭 속 물건으로 충분할 텐데 이젠 하나부터 열까지 다 집에 있어야 했다. 그 덕에 매일 한 시간씩 공부한 내 터키어 실력보다 길상이의 시장표 터키어가 더 나았다. 언어는 나의 강점이었는데 살다 보니 이런 날이 오다니. 별일이었다. 언어의 소질이라고는 찾아볼 수 없는 길상이도 막상 현장에 던져지니 말이 빨리 늘었다. 믿기지 않았다. 나는 뭐든 길상이에게 지고 싶지 않은데 괜히 자존심이 상했다.

24시간을 함께 보내다 이제는 각자 다른 시간을 살았다. 길상이가 뭘 하며 하루를 보내는지 생각할 겨를도 없었다. 선배들로부터 어깨너머로 듣는 가이드 직업의 꿀팁을 듣고 체화하기도 벅찼다. 또 공부해야 하는 양은 많아도 너무 많았다. 그만큼 이야기가 많은 역사 깊은 땅이었다. 로마에서 그리스, 히타이트까지 거슬러 올라가는 4000년의 방대한 양이었다. 기독교의 성지이자 그와 뿌리를 함께하는 유대교, 이슬람 문화권인 터키이니 세 가지 종교도 함께 공부해야 했다.

터키 관광은 보통 7박 8일, 매일 이동하는 시간은 4시간에서 6시간. 그 시간의 공백은 가이드의 말로 채워야 했으니 설명해야 할 것이 상상을 초월할 정도로 많았다. 가이드는 마냥 즐거운 여행을 직업으로 삼는 것은 아니었다. 다가오는 실전을 생각하니 내가 왜 이걸 하겠다고 했는지 알 수가 없었다.

　퇴근 후 지친 몸을 끌고 집으로 돌아오면 길상이의 하루도 집안에 고스란히 드러났다. 조명이 달라졌다. 못 보던 냄비와 식기들도 늘어났다. 신혼집을 차리는 것처럼 셰어하우스에 필요한 것들을 하나둘 채워 넣었다. 아직 돈은 한 푼도 못 벌어 봤지만, 모든 것이 미래를 위한 투자였으니 잔소리는 넣어뒀다. 집은 이만하면 형태를 갖추었는데 홍보가 문제였다. 길상이는 마케팅으로 손님을 끌어와야 했는데 그건 남편이 세상에서 제일 못하는 일이었다. 음식점이라면 우리 집이 최고 맛집이라 거짓말을 하고, 숙소라면 교통과 시설이 얼마나 편리한지 능청을 섞어야 하는데 참 쉽지 않았다. 길상이는 돈을 다 쓰고 나서야 그 이야기를 했다.

　"나는 혼자 집수리를 하고, 혼자 음식 만드는 건 잘할 수 있는데, 홍보는 잘 못하겠어. 그리고 여기로 사람들이 오는 게 왠지 싫은데?" 어처구니없이 솔직한 고해성사에 속에서 천불이 났다. 홍보하는 게 힘든 건 그렇다 치고 이제 손님마저 싫다니.

"아니 그러면 진작에 말했어야지! 일 다 벌여 놓고 그러는 게 어딨냐?" 그는 내 눈치를 보며 울며 겨자 먹기로 셰어하우스 오픈 소식을 소셜미디어에 올렸다.

예상과는 다르게 첫 손님이 곧 찾아왔다. 초심자의 행운처럼 남편은 별 힘을 들이지 않고도 셰어하우스를 운영해 나갔다. 아주 애를 쓰는 나는 아무것도 시작하지 못하고 벌벌 떨고 있었는데 길상이의 사업은 마당에서 인삼을 캐듯 저절로 이루어지는 것처럼 쉬워 보였다. 각자 다른 낮을 살고 있으니, 남편만 편한 것 같은 착각이 들었다.

"대체 어떻게 알고 우리 집에 오는 걸까?" 우리의 궁금증은 그것이었다. 별다른 홍보도 없이 손님들은 오고 갔다. 손님들은 보통 늦은 시간에 일어나 관광을 했다. 주말이면 나 역시 집에서 손님을 맞이했는데 길상이의 말처럼 이상하게 불편했다. 내 공간의 손님이니까 내가 뭐든 해줘야 할 것 같았다. 정작 손님은 아주 편하게 지내는 것 같은데, 난 왜 이러지?

"길상아, 이상하게 조금 불편하네. 왜 그렇지?"
"거봐. 내가 말했잖아."

나 역시 게스트하우스 주인이라는 직업에 로망이
있었다. 사연을 가진 손님들, 늦은 밤 술 한잔과 진솔한
대화, 하지만 떠나면 다시 볼 기회가 거의 없는 사람들.
그래서 오히려 누구에게도 말 못 할 고민이나 아무 말
들을 쏟아내기 쉽다. 여행지만의 분위기는 게스트하우
스에서 압축적으로 느낄 수 있었다. 만남과 헤어짐의
반복, 가벼운 인사. 단편적인 장면에서 오는 낭만을 기
대했다. 그런데 손님의 눈치를 살펴야 하는 입장이 되
니 상상한 그것과는 사뭇 달랐다.
　남편과 나는 아마 '돈'을 받아서 그런 것 같다고 생
각했다. 만약 아는 사람이건, 혹은 길 가다 만난 여행
자에게 호의를 베풀어 하룻밤 숙소를 제공했다면 마음
이 편했을 것이다. 그런데 돈을 받고 침대 하나를 내어
주니 그가 우리 집을 좋아할지, 그렇지 않을지 눈치가
보이는 것이었다. 만약 일 년 뒤에도 계속 불편하다면
정말 이 일이 안 맞는 것이겠지? 그럼 게스트하우스의

로망은 깔끔하게 접자고 합의를 봤다. 이 일도 우리가 살고 싶은 곳에서 일상을 살아가기 위한 수단이었으니 경험해 보고 나서 결정할 시간은 충분했다. 답과 대책을 찾았으니, 당분간은 손님들을 편하게 맞이하자고 으싸으싸 단합했다.

우리 집을 찾는 여행자들은 저마다의 이야기를 가지고 있었다. 나도 불과 몇 달 전까지만 해도 배낭을 메고 다녔으니 그 고생의 즐거움을 생생히 기억하고 있었다. 지나온 곳 중 즐겁고 아름다웠던 도시 그리고 앞으로 방문할 도시들을 줄줄 얘기하는 사람들과 있으면 당장이라도 짐을 싸서 따라나서고 싶기도 했다. 그들은 여행자에서 정착민으로 바뀐 우리를 신기하게 바라봤다. 정작 우리는 정착을 결심한 후부터 이스탄불의 새로운 곳을 찾아 돌아다니지 않았다. 마치 서울 사람들이 남산에 올라가지 않는 것과 비슷하게 말이다. 나의 삶의 범위는 직장과 집이었고 주말엔 간단한 산책 정도였다. 길상이는 손님을 맞이하고 식재료를 사러 마트에 가는 주부의 일상을 보내고 있었다. 산다는 것은 아무리 유명한 관광지라도 내 세계에서 똑같은 일상을 반복하는 시간이었다.

954, 22896

터키에 온 지 네 달째, 가이드 현장 투입을 코앞에 두었다. 7박 8일용 트렁크를 하나 구입하고, 전문 가이드처럼 보일만 한 옷도 몇 벌 사 놓았다. 이스탄불 안의 코스는 몇 번이나 방문하면서 해설을 연습해 봤지만, 다른 도시들은 외운 것과 현장이 매치되지 않아 머릿속으로만 상상했었다. 드디어 나도 데뷔전을 치르게 되는 것인가!

중국에서 코로나 환자가 나왔다는 것을 뉴스로 들었다. 먼 나라의 이야기였다. 그런데 얼마 되지 않아 한국이 코로나로 온 나라가 마비되었다는 소식을 들었다. 세상을 살다 보니 이런 일도 있다고 생각했다. 이스탄불은 여전히 평안했고 광장은 여행자들로 붐볐다. 그런데 며칠 뒤 세계 곳곳에서 중국과 한국인의 입국을 허락하지 않겠다는 뉴스를 내보냈다. 여행사로서는 날벼락과 같은 일이었지만 사장님은 '사스' 때의 전례를 생각하며 이 일도 얼른 지나갈 것이라고 굳게 믿고 있었다. 내가 느끼는 회사의 분위기가 흉흉하긴 해도 잠자코 기다리는 것 외에 할 수 있는 일은 없었다. 조금 달라진 것이 있다면 지하철을 타거나 식당을 이용할 때 나를 보는 사람들의 눈빛이었다. 분명 보통 때라면 눈인사와 함께 웃음을 건네곤 했었는데 요즘은 나를 보고 화들짝 놀라거나 슬금슬금 거리를 두며 피했다. 심지어 '코로나'라며 대놓고 놀리는 일도 일어났다. 입을 틀어막고 숨을 꾹 참고 지나가는 사람들도 눈에 보였다. 형제의 나라에서 조롱당하는 신세라니. 조금만 기다리면 될 거라고 쉽게 생각했던 상황은 점점 나쁘게 흘러갔다.

보름쯤 지나자, 아래층 사무실의 터키 직원들이 책상을 정리했다. 사정이 나아질 때까지 교대 근무를 한다고 했다. 곧 있으면 내가 관광버스를 타고 손님을 맞이할 차례였는데 손님은 커녕 비행기도 없어진 마당에 출근은 아무 의미가 없었다. 결국 나도 무기한 대기상태의 가이드가 되었다. 그동안 고생했다며 위로금 정도의 돈이 손에 쥐어졌다. 직장인에서 다시 백수가 된 것 같은 기분이 들어 오늘만큼은 지하철 대신 배를 타고 집으로 돌아가기로 했다. 모처럼 시간이 많은 평일이었다. 선착장에서 배를 타고 출렁이는 보스포루스 해협을 건너는데 사람들은 온데간데없고 갈매기들만 신이 나 배를 쫓아왔다. 이방인으로 북적대던 이스탄불의 그 많던 사람들은 다 어디로 간 것일까?

나도 밖을 나가기가 꺼려졌다. 카페와 식당들도 문을 걸어 잠갔다. 우리가 갈 수 있는 곳은 마트뿐이었다. 근처 공원은 폐쇄되었지만, 노인들은 계속 바깥으로 나왔다. 결국 정부가 나서서 공원의 벤치를 뜯어가는 우스운 상황까지 벌어졌다. 모든 일은 순식간에 벌어져 매일 들려오는 새로운 뉴스가 믿기지 않을 정도였다. 길상이의 셰어하우스도 문의가 줄었다. 들어오는 여행자가 없으니, 이스탄불에 머물 사람도 없어졌다. 몇몇 사람들로 북적이던 집은 이사 왔던 날처럼 텅 비었다. 이곳에 살겠다고 집을 구한 지 세 달 만의 일이었다. 코로나로 모든 것이 바뀌어 있었다. 사람들도 꼭 필요한 일이 아니면 밖을 나가지 않기로 한 듯했다. 회사들은 재택근무를 택했고 시장은 파리만 날렸다. 가끔 슈퍼에 장을 보러 가면 사람들이 힐끔거리며 우리를 쳐다봤다. 동네에서 자주 보던 점원이나 같은 아파트 주민들은 늘 따듯하게 인사해 줬지만, 낯선 사람들은 경계하는 눈빛을 풀지 않았다. 세계 모든 나라에서 코로나가 얼마나 끔찍하게 진행되고 있는지 연일 방송했다. 우리는 집안에 앉아 있는데도 머리가 어지러웠다.

시끄럽던 이스탄불에는 정적이 흘렀다. 낮과 밤의 경계도 모호해졌다. 할 일이 딱히 없으니 일찍 자야 한다는 의무감이나 아침에 일어나야 한다는 책임감도 없어졌다. 쉴 새 없이 지붕 위를 지나던 비행기도 사라졌다. 백신을 만들려면 최소 일 년이 넘게 걸릴 것이라는 절망적인 뉴스만 들려왔다. 하지만 계약기간 1년 중 9개월을 두고 쉽게 여길 빠져나갈 수는 없었다. 아무런 수입은 없었지만 적게 먹고 적게 쓰면 백신이 나올 때까지 견딜 수 있을 것으로 생각하기로 했다. 어떻게 찾은 나의 정착지인데, 얼마나 사랑한다고 말하던 이스탄불인데, 이곳 생활을 정리하기엔 멀리 와 있었다.

얼마나 버틸 수 있을지 통장에 있는 돈을 계산해 봤다. 우리는 1년 치 집 계약과 게스트하우스 준비로 천만 원을 썼다. 여행 가이드로 돈을 벌고 남편의 셰어하우스로 생활비를 채워 넣자고 한 야무진 계획은 이미 무용지물이었다. 아무리 머리를 굴려 계산해 봐도 낯선 땅에 고립되었다는 것 말고는 알 수 있는 것이 없었다. 떠날 마음은 없었다. 창밖으로 바깥 풍경을 보는 게 소소한 일과였다. 나뿐만 아니라 아랫집 할머니도 온종일 창밖만 보고 계셨다. 창가로 나오면 이 골목의 모든 사람과 인사를 할 수 있을 정도였다. 오일장이 되면 마스크와 장갑을 끼고 식료품을 산 뒤 얼른 집으로 돌아왔다. 집에 있는 시간이 많으니, 꽃과 나무를 키우고 싶어졌다. 근처 화원에 들러 화분을 여러 개 사 와 분갈이를 해 주었다. 한 달 동안 아무 일 없는 조용한 일상이 흘러갔다.

나는 더 견딜 수가 없었다. 아무것도 하지 않은 채 이미 두 달을 더 버렸는데 바뀐 것은 없었다. 날씨는 따듯한 봄이었지만 세상은 그렇지 않았다. 대사관에서 연락이 왔다. 이스탄불에서 한국으로 가는 전세기 신청 안내 문자였다.

"한국으로 가자."

돌아가기로 마음먹었다. 끝나지 않길 바랐던 세계 여행에도 끝이 있다는 걸 받아들여야 했다. 손님들의 침대를 팔고, 가전과 쓸만한 물건들을 모두 내놓았다. 세간 살림이 다 빠져나간 자리는 처음 이곳에 침낭을 깔고 자던 날과 같아졌다. 그리고 5개월의 이스탄불 생활도 가이드의 꿈도, 셰어하우스의 희망도 모두 접고 5

월의 전세기에 몸을 실었다. 우리는 서로를 토닥였다.

"드디어 끝났네, 우리 여행이."

945일 동안 우리는 수없이 많은 이력서를 내고 일을 했다. 그곳에는 언제나 우리를 환영하고 아껴주던 가족과 동료들이 있었다. 마지막 피날레였던 터키에서 스스로 무언가를 해보겠다는 큰 계획이 연기처럼 사라졌다. 가장 심혈을 기울였던 나의 이력서는 세계 재난으로 권고사직을 해야 했다. 인생은 계획대로 되는 것이 없었다. 길상이와 길 위에서 보낸 954일, 22,896시간은 이렇게 간단하게 끝났다.

"드디어 끝났네 우리의 여행이."

아홉번째 직장, 한국 부산

새벽을 꽃으로 여는 중입니다

돌고 돌아 제자리,
꽃수저

금수저와 흙수저. 사람들은 본인의 삶을 그렇게 빗대어 이야기했다. 나는 이 평범한 수저에는 속하지 않았다. 10년 전 아빠가 돌아가시면서 오빠는 꽃집 가업을 이어받았다. 타고난 장사꾼이었던 오빠와는 달리 나는 직장인이 체질이었다. 아빠는 늘 말씀하셨다. "넌 어디 가서 절대 장사는 하지 마라." 아빠 눈에는 내가 그렇게나 소질이 없어 보였던 건지 아니면 딸이 힘든 일을 하는 게 싫으셨던 건지는 모르겠다. 지금 생각하면 아마 둘 다였을 것이다. 여행을 마치고 돌아와 나는 잠시 오빠 집에 얹혀 살았다. 살고 싶은 곳을 정할 수 있었지만 어디로 가야 할지 몰랐다. 수많은 선택지에서 가장 안전한 곳이었다. 오빠는 나에게 꽃집 일을 돕게 했다. 난 이 또한 워크어웨이의 연장이라고 생각했다. 단지 호스트가 가족이니까 근무 시간은 길었고 자유시간은 짧았다. 그래도 여행하듯 즐거운 마음으로 일을 했다.

서당개 3년이면 풍월을 읊는다는데 나는 꽃집 딸로 20년을 살았다. 어버이날의 최고 효도는 매장에서 카네이션을 파는 일이었다. 졸업식, 인사이동 큰 행사에는 학교를 빠지고라도 꽃을 팔았다. 따지고 보면 난 시작부터 경력직이었다. 오빠는 작은 다발부터 큰 3단 화환까지 만드는 법을 전수했다. 화환을 만드는 일까지는 원치 않았는데, 가게는 일손이 모자라니 어쩔 수 없었다. 그는 투박한 손으로 꽃을 다듬고, 만드는 방법을 보여주었는데 20년 가까이 한 가지 일을 하는 오빠의 끈기가 새삼 대단해 보였다. 나는 꽃을 만지고 있으면 엄마 아빠의 삶을 체험하는 기분으로 빠져들곤 했다. 꽃집은 낭만적이지 않았다. 막노동 그 자체였다. 손에는 가시가 박히고 가위에 베인 상처 사이로 까만 풀물이 들었다. 고작 몇 주 만에 나는 벌써 손이 갈라지기 시작했다. 엄마도 거칠게 갈라진 손바닥, 상처가 많은 손등을 어디에 내놓기가 부끄러워 등 뒤로 손을 숨기던 모습이 문득 떠올랐다. 아프고 나서야 보들보들한 손을 갖게 되고 매니큐어를 처음 바르던 모습을 기억했다.

"주문이 너무 많아서 밤새 울면서 일했어." 엄마가 했던 말이 그땐 전혀 이해되지 않았다. 주문을 덜 받으면 될 텐데 뭘 울면서까지 꽃을 팔까? 엄마 아빠가 남긴 가게에 와서 일을 해보니 이제야 알게 되었다. 나도 눈물이 날것 같이 바쁜 날들을 보냈다. 2년 동안 엄마 아빠 둘의 기억이 고스란히 남은 공간에서 도를 닦았다. 그리고 그 두 사람의 삶이 대단하면서 미련해 보이기도 했다. 이렇게 힘든 일이었으면 조금 덜 열심히 하지. 빨리 죽을 거면서, 죽어라 일만하고 바보 같이.

나는 독립을 했다. 매장을 계약하고 간판을 걸고 하는 내 장사였다. 결국 나도 오빠처럼 꽃수저가 되었다. 나는 이 수저가 마음에 드는 동시에 수만 가지 걱정거리로 겁이 나기도 했다. 손님이 올까? 내 꽃을 좋아할까? 빨리 시들어 버리면 어떻게 하나? 그럴 때 재빨리 정신을 차릴 수 있는 주문을 건다. "아참! 나 꽃수저지!?" 이 말 하나면 뭐든 할 수 있을 것 같은 기분이 들었다. 길상이는 나보다 더 큰 근심과 걱정을 안고 살았다. 이때 통하는 주문은 또 따로 있었다.

"길상아 우리 아프리카에서 모닥불로 죽 끓인 사람이야! 올리브 농장에서 개고생하던 사람이야!"
"맞아!"
"사막에서도 뜨거운 물로 샤워하던, 어?!! 그런 사람들이라고! 프리다이빙 하자마자 40미터 갔다 온 거 아니잖아? 우리한테도 1미터, 5미터가 있었으니까 그렇게 생각하자."

"오케이! 나 비웨이브 강사 출신이야!"

처음부터 너무 잘하면 그게 비정상이다. 우린 전우였다. 둘이 못 할 일은 정말 아무것도 없었다. 적게 벌면 적게 쓰면 될 일이었고 잘 안되면 잘될 때까지 하면 될 일이었다. 결과까지 우리 몫은 아니었다. 우린 앞에 있는 일을 온 힘을 다해서 해내기만 하면 된다. 그것뿐이었다.

나는 지금 대부분 시간을 부산 엄궁동의 화훼공판장에서 보내고 있다. 계절의 변화도 꽃으로 느끼고 있다. 프리지어가 나오기 시작하면 봄. 수국이 많이 나오면 여름이었다. 빨간 장미가 인기인 걸 보니 크리스마스였다. 꽃은 인생의 모든 순간을 함께 하고 있었다. 사랑하는 사람에게, 존경하는 사람에게, 그리운 사람에게, 먼 길을 떠날 사람에게, 새로이 만날 사람에게 우리는 늘 꽃을 선물한다. 그리고 나는 그 꽃을 정성스레 준비한다. 기쁨과 그리움이 담긴 이 일이 아직은 즐겁다.

함께 일하는 시장 상인들은 몇십 년째 꽃으로 이른 새벽을 열고 있었다. 부지런한 사람들 틈에 섞여 나도 같이 움직이다 보면 그들에 동화되어 예전부터 꽃집 사장을 한 것 같은 기분이 들었다. 여행자로 살던 삶은 추억을 넘어 책에서나 볼법한 이야기처럼 아득한 날이 되었다. 지금에 와 생각하면 나와 남편은 파울로 코엘료의 소설 <연금술사>의 주인공이 된 것 같다. 멀리 여행을 떠나 수많은 어려움과 고난을 겪은 뒤 결국 원래의 자리로 돌아와 보물을 발견한 것처럼 나는 나의 시작점으로 돌아와 내 일을 찾았다. 그리고 여전히 여행하며 일하는 워크어웨이라고 생각하기도 한다. 단지 호스트가 나로 바뀌었을 뿐이었다. 하루 일을 끝내면 난 자유가 된다. 나와 남편은 세계여행이 끝나서 늘 아쉽다고 느끼지만 동시에 지금 누리는 일상의 시간에 감사함도 느낀다. '일과 여행'을 함께 했던 워크어웨이 덕분에 우리는 지금의 삶이 행복하다. 일상을 여행자처럼 사는 방법이 익숙해졌기 때문일지도 모른다. 여행을 마친 우리는 분명히 달라져 있었다.

여행자의 눈에 부산은 볼거리가 많다. 낙동강 하구에서 바라보는 서쪽은 붉은 노을로 물드는데 이스탄불의 할리치역 못지않게 멋진 풍광이다. 황령산에 오르면 광안대교부터 시내가 한눈에 들어오는데 내가 엄청난 대도시에 살고 있다는 것이 피부로 느껴지기도 한다. 나는 부산에서 느낄 수 있는 이 자유를 길상이와 최대한 많이 누리며 살려고 한다. 우리는 오늘도 여행자이자 수행자처럼 살고 있다.

처음부터 너무 잘하면 그게 비정상이다.

우린 전우였다. 둘이 못 할 일은 정말 아무것도 없었다.

N번째 직장을 찾는 곳

새로운 세상을 여는 문 워크어웨이

길 위에서 우린 새로운 길을 발견할지도 모른다. 설마 하고 두드린 문이 열릴지도 모른다. 워크어웨이에서는 세계 각국의 호스트들이 지원자들을 기다리고 있다. 호텔, 학교, 정글, 수도원, 농장 당신을 필요로 하는 곳은 차고 넘친다. 일주일 단기간도 좋고, 몇 달씩 머물며 일하는 것도 좋을 것이다. 하루에 정해진 시간을 일하고 잠자리와 식사를 제공받는다. 호스트와 여행자는 서로에게 필요한 것을 채워준다. 누가 더 이익일까를 따질 수는 있지만 큰 의미는 없다. 그래도 굳이 따지자면 여행자가 아닐지 생각한다. 호스트를 통해서 그곳의 진짜 삶을 경험하고 함께 일하는 동료에게서 또 다른 나라를 배운다. 돈을 절약할 수 있는 수단이자 공동체의 일원이 되는 특권이다. 나의 재능은 어떻게 쓰일지 모른다. 요리, 벽화, 음악, 요가, 선생님 변신에는 한계가 없다. 어떤 내가 될지, 내 안의 무엇을 끌어낼지는 닥쳐봐야 알게 된다. 인생에 없던 길이 맛보기처럼 살짝 열린다.

여행자와 호스트를 이어주는 사이트는 꽤 많다. 제일 유명한 곳은 아래 네 곳이다.

헬프엑스(https://www.helpx.net)
워크어웨이(https://www.workaway.info)
월드패커스(https://www.worldpackers.com)
우프(유기농 농업, https://wwoof.net)

나는 그 중 워크어웨이를 통해 일자리를 찾았다. 유료이기 때문에 신뢰도가 있었고, 오랜 기간 누적된 후기를 보고 지원서를 보내기 전 참고할 수 있었다. 어디로 갈 것인가? 계획된 곳도 좋고 일자리를 따라 난생처음 듣는 도시도 괜찮을 것이다. 우리는 주로 후자를 택했다. 보통 여행을 계획했다면 대체로 유명한 관광도시일 것이다. 그곳엔 일할 곳도 많겠지만 경쟁자들은 배로 더 많다. 호스트에게 답을 받으려면 인내심이 필요하다. 그들의 일정에 맞추어 오래전부터 계획을 잡고 신청해야 운 좋게 합격할 수 있다. 하지만 후자를 택한 사람들은 일자리를 따내기가 훨씬 수월하다. 유명하지 않은 도시의 호스트들은 지원자들을 언제나 환영하기 때문이다.

내가 갈 국가에 등록된 모든 호스트를 한번 훑어본다. 재밌는 일자리가 무궁무진하다. 이런 일을 할 사람을 구한다고? 이마를 '탁' 친다. 가장 인상 깊었던 일자리는 등대지기였다. 섬에 고립되어 제공되는 음식을 받으며 등대를 지킨다. 살면서 언제 등대지기를 해 볼수 있을까? 호스트 설명을 주의 깊게 봐야 한다. 어떤 일을 하는지 자세히 읽어 볼수록 판단하기 쉬워진다. 일자리는 많지만, 호스트와 지원자 사이의 상세 조건들이 충족되어야 한다. 일은 사진작가, 마케팅전문가, 벽화를 그려줄 예술가, 요가 선생님과 같이 영리 목적의 업무와 NGO 단체의 교육사업, 건축사업과 같은 봉사업무로 나뉜다. 그리고 농장의 육체노동, 개인 가정의 보모, 애완견 돌보기, 허브 채취 등등이 있겠다. 이중에서 내가 할 수 있는 일이나 해보고 싶은 일을 골라 연락할 곳을 추려본다.

호스트가 마지막으로 접속한 시간, 얼마나 빠른 시간 안에 답장을 했는지에 대한 평가도 보는 것이 좋다. 답장률도 낮고, 회신 시간도 길다면 나 역시 답장을 받는 확률이 희박할 것이다. 호스트들은 하루에도 수많은 쪽지를 받는다. 전 세계에 여행자들은 널렸고, 이 일을 하고 싶어하는 경쟁자는 더 널렸다. 그래서 내 능력에 대해 최대한 자세히 적어 호스트를 설득하는 것이 좋다. 기본적인 이력서다. 내가 얼마나 당신이 원하는 일에 부합하는 사람인지 성의껏 설득해야 한다. 너무 짧은 지원서는 좋지 않다. 직업, 경력, 성격, 얼마나 이곳을 여행할 계획인지 적는 것도 좋다. 그리고 언제부터 일을 시작할 수 있는지도 먼저 알려주는 것이 좋다. 호스트의 관점에서 봉사자들이 빨리 바뀌는 것은 피곤한 일이니, 최소 기간을 정해 놓는 경우가 많다. 1주, 2주, 길게는 두 달 이상 등 기간에 대한 조건도 있으니 이 일이 정말 욕심이 난다면 나의 여행 날짜와 비자를 미리 계산해 두어야 한다.

지원서를 보냈다면 이제 기다림의 시간이다. 등록된 모든 호스트가 활발히 활동하는 것은 아니다. 계절에 따라 일손이 필요 없을지도 모르고, 메일이나 쪽지 확인하는 일을 깜빡했을지도 모르는 일이다. 답변을 못 받는 일은 부지기수다. 그렇다고 실망할 필요는 없다. 나를 필요로 하는 곳은 아직도 세상에 너무 많기 때문이다. 한 번에 여러 호스트에게 연락을 취해도 되고 한 명 한 명에게 시간차를 두고 연락해도 된다. 나의 경우에는 한 달에서 보름 전에 일하고 싶은 두세 곳에 한꺼번에 연락을 취하고 빠른 답장이 오는 곳으로 일정을 약속했다. 나 역시 여행 일정을 짜야 하니 기다림에는 한계가 있다.

기다림이 지나도 연락이 오지 않거나, No thanks 답장을 받는다. 당연히 실망스러운 일이다. 이곳에서 일하면 어떨지 생각하며 상상의 나래를 펼쳤건만. 세상이 나의 편이 아닌 것 같은 미움마저 생겨난다. 꼭 여기서 일해보고 싶었는데. 워크어웨이는 거절의 연속이며, 타이밍을 맞추기도 쉽지 않다. 농장은 농번기에 사람을 구할 것이고, 학교나 단체도 빈자리 혹은 빈 침대가 있어야 할 것이다. 나보다 더 맞는 지원자를 먼저 찾았을 수도 있고 나의 소개가 조금 미흡했을 수도 있다. 하지만 우리는 알고 있다. 여행이 절대 계획대로 될 일은 없다는 것을. 할 수 있는 일이라고는 끊임없는 대안을 만들어 내는 것이다. 아니면 말고, 되면 좋고 마음의 여유가 가장 중요하다. 그러니 좌절은 3분 정도면 충분하다.

OK, welcome! 드디어 답장을 받았다. 그런데 왠지 모를 의심이 든다. 내 시간을 투자해도 괜찮은 곳일까? 일만 죽어라 시키진 않을까? 싹수없는 호스트면 어쩌나? 사기꾼들이 호스트로 위장한 덫은 아닐까? 등등 그곳에 도착하기 전까지 별별 생각이 다 들 것이다. 이때 도움이 되는 것은 호스트에 대한 리뷰이다. 대개는 좋은 말들을 많이 적어주지만 솔직하게 평을 남겨주는 사람도 많다. 아무리 좋은 호스트라도 모두를 100퍼센트 만족시킬 수 없는 법이다. 가기 전에 미리 참고하거나, 쪽지를 보내기 전에 꼼꼼히 읽어보면 대략 확신이 선다. 그렇다고 지레 겁먹고 포기하진 않아도 된다. 그들의 경험이 꼭 나와 같지 않을 수도 있는 일이다.

호스트를 만나면 일할 내용에 대해 확실히 합의해야 한다. 보통 하루 4~5시간 주 5일 업무를 기본으로 한다. 특이 사항이 있을 수도 있고, 업무가 변경되는 경우도 종종 있다. 워크어웨이는 노동력과 숙식을 바꾸는 계약이므로, 갑과 을의 관계가 아니다. 혹 부당하다 싶은 일이 있다면 호스트와 조율해야 한다. 당신이 여행자라는 것을 잊으면 안 된다. 특히 임금이 있는 경우에는 지급날짜를 확실히 하는 것이 좋다. 만약 어쩔 수 없는 소통의 장벽으로 미심쩍은 부분이 있을 수도 있지만 처음 며칠간은 일단 해 보는 것이 좋다. 한 번도 해 보지 않은 시도들이 오히려 그 문화에 한 발 더 들어가 보는 기회일 수도 있다.

일하면서 나와 같은 상황의 많은 여행자들을 만났다. 체류비를 줄이기 위한 목적도 있지만 이 외에도 갭이어, 봉사, 안식년 등을 이유로 참여했다. 특히 갭이어는 학생들이 진로를 찾기 해 갖는 시간이다 보니 젊은 여행자들을 많이 만날 수 있었다. 하지만 30대, 40대, 50대의 인생에도 갭이어는 필요하다. 우리는 평생을 흔들리고 방황하며 살기 때문이다. 나름의 속도로 쉬어 가는 시간이 필요할 때 워크어웨이는 새로운 영감을 줄 수 있다. 나 역시 처음은 돈을 아끼기 위해 시작한 일이었지만, 시간이 흐를수록 그렇지 않았다. 우리는 관광지를 찾는 여행자가 아니라 그 나라의 문화에 온전히 들어가는 경험자가 되고 싶었다. 그곳 사람들처럼 먹고, 살고, 이야기를 나누는 것이 평범하지만 가장 새로운 것이었다. 그리고 내 삶의, 여행의 방향을 완전히 바꾸는 전환점이기도 했다.

이런 좋은 것은 꼭 마지막에 추천하던데, 나는 성인이 된 누구에게나 이것을 추천하고 싶다. 그럴만한 가치가 있다는 것을 해보면 알 것이다. 첫 장의 낙타를 타고 실크로드를 건너겠다는 그 남자의 말을 명심해야 한다. 그래 뭐. 해보는 거지.

끝맺음,

　여전히 나는 계속 흔들리며

이스라엘을 여행하다 난민촌에 숙소를 잡은 적이 있다. 저렴한 1박 비용에 무턱대고 예약을 했는데 다름아닌 베들레헴에 위치한 디샤 난민촌이었다. 그곳은 가사지구만큼 격렬한 저항의 갈등 지역은 아니었지만, 마을 전체에서 느껴지는 평화와 독립에 대한 절박함이 있었다. 언제 끊길지 모르는 물을 저장해 놓고 골목길의 담벼락마다 저항운동으로 목숨을 잃은 자들의 이름을 적어 놓고 잊지 않기 위해 애쓰고 있었다. 나는 잠깐 머물다 떠날 이방인이었다. 조금 불안하긴 해도 며칠 지내기엔 꽤 괜찮은 곳이었다. 어떤 여행지나 도시보다 우리에게 더 많은 걸 베풀어 주고 싶어 했기 때문이다. 일제강점기의 역사를 가진 한국 사람에게, 분단되어 전쟁 중으로 사는 우리에게 동질감을 느꼈는지도 모르겠다.

하루는 난민촌에 알 수 없는 사고로 이스라엘 군인에 의한 사망자가 나오면서 극도의 긴장이 감돌았다. 이방인인 나에게도 밤에 있을 군인들의 검문에 잘 협조하라는 당부가 있을 정도였으니 말이다. 그곳 주민들이 느끼는 불안감이 고스란히 전해졌다. 그들은 적에 대한 불안감과 나아질 리 없는 절망감으로 난민촌

생활을 이어 나가는 것처럼 보였다. 나 역시 그 긴장감이 두려웠지만 난민촌은 실수로 잠시 머무는 곳일 뿐, 나는 떠나면 그만인 여행자였다. 불안함은 잠시였다.

한국에 돌아와 생각해 봤다. 나는 난민촌에서 지낼 때보다도 더 큰 불안을 안고 살아가지 않는가? 나의 나라에서 최소한 안전과 치안은 법으로 보호받고 있었는데 어째서일까? 여행이 끝나고 겪어야 하는 적응의 절차였을까? 거창한 인생 계획이 있어 보이는 것처럼 말하는 이들 앞에 서면 난 대책 없는 인간처럼 느껴졌다. 디샤 난민촌에서는 '적'이라도 있었는데 정체가 없으니 불안감은 무한대로 커졌다. 남에게 와닿지 않는 혼자만의 불안감이었다. 한국에 돌아왔으니 무엇이든 해야할 것 같다가도, 의미 없이 무엇이든 하는 것이 정답인지 알 수 없었다. 앞으로도 이렇게 불안감을 갖고 완전하지 않게 살아야 하나. 아니면 무엇이든 해야 하나. 나를 옥죄는 망상에 잠깐씩 사로잡혔다. 세계여행이 끝난 뒤 찾아온 후유증은 나를 괴롭히다 지나갔다.

"네가 했던 여행이 살면서 너를 지켜주는 걸 느낄 거야. 둘이 해낸 그 기억은 정말 대단한 것이니까."

세계여행을 마치고 온 나에게 한 할아버지가 그렇게 말씀하셨다. 고생한 둘에게 인사치레로 하는 말인 줄 알았다. 나는 이제야 그 의미를 몸소 완전히 느끼고 있다. 나는 어느 때보다도 답을 가지고 있지 않다. 하지만 그때마다 세계여행의 기억, 낯선 나라에서 일하던 기억을 남편과 함께 떠올린다. 그럼 이상하게도 불안함이 잦아들었다. 흔들림이 멈추었다. 우리에게 필요한 건 답이 아닌 그런 기억일지 모른다. 두 발이 땅에 붙어 흔들리지 않게 잡아주는, 무너지지 않게 받쳐주는 여행자의 기억 말이다.

일을 하며 세계여행을 하는 이야기가 조금은 고생스럽게 느껴질지 모르겠지만 정작 우리에게는 고생이었기보다 내가 경험할 수 있었던 엄청난 행운이자 행복한 시간들이었다. 돈 주고도 못 살 경험이라는 말을 비로소 알게 되었다. 림빅의 사원을 내려오면서 더 많은 일을 해보자고 생각했던 그 변화의 느낌은 아직도 생생하다. 삶을 바라보는 다양한 생각과 시선, 두려움에도 한발 나아가는 용기, 좌절을 딛고 일어설 줄 아는 단단한 마음, 또다시 새로운 것에 도전할 수 있는 의지, 함께라면 뭐든 할 수 있겠다는 믿음 같은 것들 말이다. 한국, 내가 사는 한곳에 머물러서는 절대 알 수 없는, 해보지 않고는 알기 어려운 가치들이었다.

"길상아, 넌 좋겠다. 전생에 복을 많이 지어서 나랑 긴 여행도 하고 살잖아."

"훤아, 너는 전생에 죄를 많이 지어서 날 데리고 다니는 것 같은데?"

우리의 생각은 좁힐 수 없는 하늘과 땅 차이지만 여행의 기억은 둘을 하나로 묶은 채 천천히 앞으로 나아가고 있다. 이 여정을 함께 해준 남편에게 깊이 감사함을 전한다.